地味薬師令嬢はもう契約更新いたしません。

～ざまぁ？　没落？　私には関係ないことです～

登場人物紹介
アーサー
レッセルバーグ国の第二王子で、
騎士団に所属している。
明るく裏表のない性格の持ち主。
マーガレッタ
ランドレイ侯爵家の元令嬢で、
規格外の効力を持った薬を
作ることができる天才薬師。

ロゼライン
マーガレッタの姉であり、聖女。
ランドレイ侯爵
マーガレッタの父親。
ノエル
リアム王国の王太子。
グラナッツ
常に優しげな雰囲気を
まとったご隠居。
アルティナ
レッセルバーグ国
第一王子の婚約者。

第一章　地味令嬢、婚約破棄の上、国外追放

私の名前はマーガレッタ・ランドレイ。ランドレイ侯爵家の次女で、リアム王国の王太子、ノエル様の婚約者。

王宮の豪華な広間で行《おこな》われているノエル様のパーティーに参加していた私は、ノエル様が言い放った言葉を理解できず、壇上に立つ彼の前で立ち尽くしていた。

「マーガレッタ！　お前のような令嬢とも呼べぬ娘を、私の婚約者にしておくわけにはいかない！　お前との婚約を破棄させてもらう！」

「え……？」

突然のことにおろおろする私をよそに、ノエル様の言葉は続く。

「ロゼライン、こちらへ」

「はい……ノエル様」

ノエル様が名前を呼んだのは、一人の美しい女性。

地味な色でレースもない私の質素なドレスとは違い、彼女のドレスは黒を基調とした豪華なもので、純白の服を身に纏《まと》うノエル様と対になるよう、純白のシルクと金糸で装飾されている。

絢爛《けんらん》な衣装に身を包んだ彼女も壇上に上がり、自信満々な表情で私を見下ろしノエル様の隣に立つと、彼の腕に手を絡めぴったりとくっついた。

まるでこの大陸で広く信仰され、私もよく知る女神フェリーチェ様の寵愛《ちょうあい》を一身に受けたかのような煌《きら》めく姿。

残念ながら、私は彼女のことをよく知っている。彼女は、血の繋《つな》がった私の姉だった。

「ロゼライン……お姉様」

「マーガレッタ……酷いわ。いくら私が聖女の資格を得て、人々に慕われているからといって、数々の嫌がらせをしてくるなんて……ノエル様が気づいてくれなかったら、私……」

「嫌がらせ……何のことですか？　わ、私はそんなこと、しておりません！」

なぜ私がお姉様に嫌がらせをしたことになっているのだろうか。

お姉様の言葉の意味がわからず、思わず大きな声で言い返した。しかしお姉様は眉をつり上げて私の言葉を遮った。

「嘘おっしゃい！　あなたの薬より私の癒しの技が優れていると言って、いつも邪魔をしてくるじゃありませんか！　お兄様もそう思いますわよね？」

「ロゼラインの言う通りだ。ノエル殿下がお怒りなのも致し方ないこと。マーガレッタは隠れて嫌がらせをしているつもりなのかもしれないが、私は知っているんだぞ！　我がランドレイ家の面汚《つらよご》しめ！」

「オ、オリヴァーお兄様まで……なんてこと」

私の後ろに立っていた実の兄、オリヴァーお兄様まで、ロゼラインお姉様の味方になり、私に罵《ば》声《せい》を浴びせる。

まさか血の繋《つな》がった親族に、謂《いわ》れのない罪で責められるなんて、思ってもみなかった。

たしかに私は家族の中で一人だけとても地味だ。

はしばみ色の髪に、緑の瞳。

そんな地味な容姿だからか、家族の中で冷遇されているのは自覚している。

お父様もお母様も美しい金髪で、二人とも青い瞳。お兄様もお姉様も倣《なら》ったように金髪に青い瞳だけれども、私の色はお父様のお母様、つまりお祖母様から受け継いだ色だから何もおかしいことはないのに。

「そういうことよ、マーガレッタ！　だからランドレイ家から……いえ、このリアム王国から出て行ってくれないかしら？」

美しく目鼻立ちのはっきりした美女のお姉様が高らかに言い放つと迫力がある。さらには聖女という特別な地位に十年もいるからか、その言葉は人の心に染み渡る。

「ひ、ひどいです！　私たちは血の繋《つな》がった家族じゃないですか！」

「家族……あなたと私が？　冗談でしょう？　その見た目で？　そばかすの浮いた汚い顔。薄汚れた髪で、いつも土にまみれてコソコソやっていて……気味が悪い！」

「そ、それは薬草を育てているだけです！」

私が必死にそう言っても、ロゼラインお姉様やオリヴァーお兄様、ノエル様は顔をしかめたまま。

周りを見渡すと、お姉様を称賛し、私を蔑《さげす》む貴族たちの視線が突き刺さる。

「どちらにしろ、私にはお前との婚約を続ける気などない！　その顔を二度と私の前に出すんじゃない、消えろ」

「ノエル様……ひどい……」

たしかに私は、実の家族だけでなくノエル様からも冷たく扱われてきた。

美しいお姉様ではなく、地味な私が婚約者と決まった時から、彼の冷たい視線を受けてきたし、無視もたくさんされた。

それでもノエル様にふさわしくなるため、精いっぱい努力して難しい本を読み、知識を蓄《たくわ》えた。

お父様の言いつけどおり、国の利益を考えて薬草を研究し、効果の高い回復ポーションや、病気を癒すキュアポーションを作り出してきた。

聖女であるロゼラインお姉様のヒールやキュアといった回復魔法はよく効き、一瞬で傷や病を癒すことができるけれど、庶民には到底払えないとても高いお布施が必要である。

使用人や街の人、冒険者などはお布施を払えない人も多いため、私が陰で研究する安価なポーションが必要なのだ。

お姉様より容姿は劣るけれど、真面目に学びポーションを研究しているうちに、少しずつノエル様に認めてもらえていると思っていたのに、彼がそんな風に思っていたなんて。

「う、うぅ……わ、わかりました……」

悲しくて虚しくて、ぼろぼろと涙がこぼれる。

そんな私を、ノエル様もお姉様も冷たく見下ろしているし、お兄様は吐き捨てるように追い打ちをかけてきた。

「ふん、醜い女は泣き顔すら醜い」

「ひどい……」

もういい。私は十六歳で成人です。ノエル様と婚約して明日でちょうど十年になる。

王家とランドレイ侯爵家、そしてこの国のために必死に努力することはやめ、これからは別の国で生きていこう。

幸い私には薬師としての腕があるから、きっとどこの国でもやっていけるはずだ。

「……お世話になりました……皆さまのお言葉通り、この国から、出て行きます」

なんとか声を振り絞り、意地悪く笑う三人に背を向ける。その時、静観していたお父様が、顔を青くして声をかけてきた。

「マ、マーガレッタ……う、嘘だろう？　この国から出て行くのか？　あ、明日の契約更新は……ど、どど、どうするつもりだ」

お父様がいまさら何を言っているのか分からない。しかも私を慰めるのではなく『契約』の話を出してくるなんて、やっぱりそういうことなんだ。

契約を継続させられれば、私という人間は必要なかったんだ。

少しでもいいから、両親の優しい言葉が欲しかった。そう思うのは贅沢だったのか、と思うと、全身がすうっと冷たくなり、それから新しい涙が迫《せ》り上がることはなかった。

「父上、いまさらその女に声をかける必要などありません！　毎日おっしゃっていたではありませんか。マーガレッタは私の娘ではないと、あんな醜い娘が自分の子供であるはずがないと！」

私の心を抉《えぐ》るお兄様の声が会場に響く。あまりにひどすぎる追い打ちに、くらりと天地が揺れた気がした。体がフラフラしてほとんど倒れる寸前だけれど、こんな人たちの前で倒れたくなんてない。

気力を奮い立たせ、なんとか外へ向かう。磨かれた廊下には私の土気色の顔が映っていることだろう。

「黙れ、オリヴァー！　マーガレッタ、契約は……契約の更新はどうするのだ⁉」

お父様が何か喚《わめ》いているけれど、十年前の契約は六歳の何も知らなかった私を騙《だま》すようにして結んだものだった。そして今、こんなに馬鹿にされているのに契約の更新なんて、する訳ないでしょう……

ついさっきまでお父様を信じていた私は、馬鹿で愚かだった。

今日、婚約破棄されてよかったのかもしれない。明日、契約が更新されてから婚約破棄されたら、もっと悲惨だっただろう。それだけはノエル様に感謝しないと。

ノエル様のお父様である国王陛下は沈黙したまま。

「へ、陛下……マ、マーガレッタが……」

お父様だけが慌てている。そうですか。王家にも私は必要ないということなんだ。

国王陛下も王妃殿下も、ノエル様を止めることもしない、お二人のご意向もそういうことなんだ……もう振り向きたくない。

ああ、部屋に戻って……荷物をまとめて出ていこう。

ランドレイの家からも、この国からも。

足に合っていないヒールの高い靴が滑り、足がもつれた。これ以上あの人たちに醜態を見せたくないのに、私の体は言うことを聞かずにぐらりと大きく傾いてしまう。

「マーガレッタ嬢、大丈夫ですか！」

倒れそうになる私を、飛び出した騎士が支えてくれた。この方は、よくポーションを分けていた方だと思い出す。

訓練が厳しいと有名なこの国の騎士団は怪我人が多く、ポーションを渡すといつも感謝してくれたのを覚えている。

「え、ええ……ありがとうございます」

「……この国を出られるのですか」

「はい、そうするしか……ないようです」

小さな声で確認してくる騎士はとても悲しそうな顔をしたけれど、騎士も私を止めたりはしなかった。

私がノエル様に邪険に扱われていることは騎士団にも知れ渡っているし、彼はこの国に仕える騎士なのだから、王族の命令は絶対に守らなければならない。

「……馬車を呼んであります。それに乗ってランドレイ侯爵邸へ。その後はレッセルバーグ国方面に行かれるとよいでしょう」

レッセルバーグ国とは今私がいるリアム王国の隣にある大国。

レッセルバーグ国にはダンジョンや魔物が多く出現する深い森が多いため、薬師や薬師が作るポーションが大事にされると聞いたことがある。

ポーションを作れる私が向かうのに、ふさわしい国だ。きっとこの方は私の行く末を慮《おもんぱか》って提案してくれたんだ。

「ありがとうございます……そうさせてもらいます。あの、馬車の代金は……」

「騎士団に払わせてください。あなたのおかげで何人もの騎士の命が救われました。王族はどうあれ、私たちは感謝の念しかありません」

騎士の言葉を聞いて、冷たく重い私の心に、ぽつんと暖かい火が灯った。

よかった……私の作ったポーションは、命を救えたんだ。私がしていたことは決して無駄なんかじゃなかったんだ……！

「こちらこそ……ありがとうございます。これで胸を張って、この国から出ていけそうです」

「我々はこの国に仕える者であるがゆえに、これ以上お助けできないのです。誠に申し訳ございません」

いいえ、十分です、と私はゆっくり首を横に振る。

むしろ、追い出される私に話しかけた騎士さんが罰せられるかもしれないのが怖い。ノエル様やお姉様たちから叱責《しっせき》されるかもしれない。

それなのにこうやって私を助けてくれて、とても嬉しい。

「いえ……。団長様に感謝をお伝えくださいませ」

「かしこまりました」

騎士と別れ、私は煌《きら》びやかな王宮を、侮蔑と好奇の視線の嵐の中、後にする。名だたる貴族の馬車が並ぶ場所に着いた私は、その場所の中でも王宮から最も遠いところにいる、騎士団が用意してくれた馬車を見つけた。

素早く馬車に乗り込むと、御者《ぎょしゃ》さんは私の顔を見て不思議そうに首を傾《かし》げた。

「あんた、薬師のマーガレッタ・ランドレイだろ？　いったいどうしたんだい。騎士の人からあんたを乗せて、ランドレイ家に寄って隣の国まで行けって、言われてんだけど」

御者《ぎょしゃ》さんが訝《いぶか》る。

たしかに女の子が一人で王宮から出てきて、家に寄ってから隣の国へ行く……なんて普通はないだろう。不審がられて当然だと思う。

「私……この国を追い出されちゃったんです」

「な、なんだって!?」

御者《ぎょしゃ》さんの大声に、馬たちが驚いて耳をぴくつかせる。

「それで隣の国に行こうかと思いまして……」

「す、するってぇと、あんたのポーションは隣の国に行かなきゃ買えなくなるってことか!?」

「え？　ええ、この国にある在庫が切れたらそうなりますね」

こ、こりゃ恐ろしい事が起こるぞ、と御者《ぎょしゃ》さんはブツブツと呟き始めた。そうしながら御者《ぎょしゃ》さんは目を閉じていたが、少しして勢いよく顔を上げた。

「お嬢さんや。ランドレイ家を出たら、ちょこっとギルドへも寄って行こう。隣の国までは結構距離があるから、冒険者を何人か連れてったほうが安全だ」

「でも私、冒険者の方を雇うお金なんてありません……」

あいにく、私は冒険者を雇うような大金を持っていない。なけなしの宝飾品を売れば、この馬車の運賃くらいはなんとかなるかなと思うけれど。

「その辺は俺がなんとかするから、お嬢さんは馬車に乗ったまま待っててくれ。ちょっとでいいから！」

「そ、それなら……」

御者《ぎょしゃ》さんの勢いがすごく、私はつい頷いてしまった。

「よっし、そうと決まればさっさと行くぞ！」

「きゃっ！」

私を乗せた馬車は勢いよく走り出し、ガラガラと車輪の音を激しく鳴らす。嫌味や蔑《さげす》んだ視線に晒《さら》されながらも何度も訪れた王宮が遠ざかっていく。でも、もう行くことはないと思うと、なぜか悲しみがこみ上げてきた。

少しでもノエル様に好かれようと努力したあの日々は何だったのか。

視界が涙でぼやける。令嬢の端くれとして大勢の前ではなんとか堪えていたものが、一人になって落ち着いて、あふれ出してきたようだ。

「うう……うう……どうして……」

馬車には私しかいないし、王都の整った石畳とはいえ、急ぐ馬車の音は大きいから、中の音なんて誰にも聞こえやしない。

私はドレスの裾を握り締めて、家に着くまで泣き続けた。


「お嬢様⁉」

家に着くと、執事やメイドたちが驚きながら駆け寄ってきた。

心配そうな皆の一番前に、ランドレイ侯爵家の執事長、トマスがいる。

「私……ノエル様から婚約破棄を言い渡され……国も出るように宣告されました」

「……いつかこんな日が来るのではないかと思っておりました」

私が俯きながらトマスに小さな声でそう伝えると、トマスは心底残念そうに呟いた。それに同調するように、周りの皆も頷く。

彼らは私が家族やノエル様から冷たく扱われていたのを知っていて、きっといつかこんなことになると、予想していたのかもしれない。

「マーガレッタお嬢様……契約はどうなさるのですか」

トマスは私が小さな頃からこの家に仕えているから、私の契約のことも知っている。そしてその契約が切れる日も。

「しないわ……さすがに無理よ」

「そう……そうでございますね……分かりました」

トマスは残念そうに、しかし安堵したようにため息をつき、そして微笑んだ。

「そのほうがよいでしょう。お嬢様お一人が犠牲になるのはおかしいと、私たちは昔から思っておりましたから」

「……ありがとう、トマス」

その優しい笑顔に少しだけ救われた。この笑顔のおかげでこれまでなんとかこの家でやってこられたのだろう。

「ならば、旦那様たちがお戻りになる前に荷物をまとめて、出ていかれるほうがようございますね」

「……そう、ね」

トマスは、私が契約のことを知る誰かに引き止められることを心配しているんだろう。大丈夫よ、きっと誰も引き止めない。

家族もノエル様も、私のことなど必要ではないのだから。

「皆、お嬢様のお荷物をおまとめして。あとなにか食べるものと……動きやすい服装に着替えましょう」

トマスの声でメイドたちが辛い表情を浮かべたまま忙しく動き始める。

私のために忙しくさせてなんだか申し訳ないけれど、一人で準備していては、いつ出発できるか分からないからとても助かる。

「お嬢様の作ったお薬でメイドやその家族が何人も救われました。私たちは全員、マーガレッタお嬢様の味方です」

「ありがとう……トマス。皆も」

この屋敷の使用人は皆、優しい。私は受けた優しさに応えただけなのだが、こう言ってくれるとなんだか誇らしい気持ちになるし、この家で暮らせてよかったと思える。

「お幸せになってくださいませ！」

荷物をまとめて家を出る準備ができると、玄関に使用人が出てきて、頭を下げて見送ってくれた。私よりも辛い表情の皆にこれ以上心配をかけたくなくて、私は頑張って笑顔を浮かべて馬車へ戻った。

「使用人に好かれてるんだな」

「ええ……」

馬車で待っていてくれた御者《ぎょしゃ》さんに返事をしながら、私はため息をつく。見ないようにしていた現実を突きつけられ、心が暗く沈んでいく。

私は家族やノエル様たちに何をしたのだろうか。彼らと仲良くなれるように頑張ったつもりだったのに。

ランドレイ侯爵邸を出発して馬車は街の中を走り、冒険者ギルドの前で止まった。御者《ぎょしゃ》さんはちょっとだけ待ってな、と言って入っていき、言葉通り本当にすぐに出てきた。

御者《ぎょしゃ》さんが馬車を動かし始めると同時に、冒険者ギルドの敷地から一台の幌《ほろ》馬車がやってくる。

それは、私たちの馬車についてきた。

「あ、あの……後ろの馬車って……」

「ああ。あの幌《ほろ》馬車に、あんたの護衛をする冒険者が乗ってるんだ」

「え？　本当ですか？」

冒険者との交渉ってそんなにすぐにできるものでしたっけ、と半信半疑だったけれど、その後小休憩を取った時に、幌《ほろ》馬車から厳《いか》つい鎧や大きな剣をぶら下げた人たちが出てきて、御者《ぎょしゃ》さんの言ったことは本当だったと少し驚いた。

「あんたがマーガレッタお嬢様？　この花がついたポーションを作った人？」

「え、ええ。瓶にマーガレットの花の型がついているなら、私が作ったものです」

私に話しかけてきたのは、とても大きな剣を背負った男性。見上げないとまともに顔を見られないほど背が高く、筋肉質でいかにも冒険者といった雰囲気の人だ。

初級ポーションの瓶を握っているが、見慣れたあの瓶は間違いなく私が作ったものだ。

強面《こわもて》で少し恐いけど、破顔という言葉が似合う笑顔を見せてくれて、安心した。

「そうか！　ありがとう、あんたのおかげで俺の腕はくっついて、まだ仕事ができているよ」

彼が袖をめくって見せてくれたのは太い丸太みたいな右腕。彼の二の腕には大きな傷跡がぐるりと残っていて、ひどい怪我を負ったことが分かった。

「クリティカルマンティスっちゅーでかい虫がいてな、そいつに腕を飛ばされたんだ。もう駄目だと思ったんだが、あんたの特級ポーションのおかげでくっついたんだよ」

「と、飛ばされた⁉　そしてく、くっついた⁉」

そんなことがあったなんて、と私は目を瞠《みは》る。

巨大昆虫は珍しい魔物でかなり強く、ギルドが決める魔物の強さランキングのかなり上に位置することは、本で読んで知っていた。

そして私が作る一番効果の強い特級ポーションにそういう効能があることはわかっていたけれど、実際に目の当たりにしたのは初めてだった。

この男性はそんな恐ろしい魔物と戦うことができる凄腕のようだ。そんな方が護衛についてくれるなんて、と改めて驚いていると、男性の後ろから何人もの冒険者が顔を出した。

「アタシは目玉よ！　魔法使いなのに目をやられちゃってね、ほんと助かったわ！　なにせ目が見えないと魔導書が読めないでしょ？」

「俺は足！」

「俺は腹を真っ二つにされた！」

「私なんて顔が命の吟遊詩人なのに、顔をぶっ飛ばされましたからね」

ちょ、ちょっと……待ってください！　にこにこ笑いながらとんでもないことを話す人たちの話を聞いて、血の気が引く。目や顔って……嘘でしょ⁉

「こらお前ら。貴族のお嬢さんに、なに血生臭い話してるんだ！」

「「「あっ」」」

思いっきり、その光景を想像してしまった……。私の顔はひどく真っ青なのだろう。冒険者の皆さんは必死に謝ってくれた。

休憩を終えて再び馬車が走り出す。

辺りは日が傾き、空が暗くなり始める。そんな中、私は同じ馬車に乗ることになった戦士さん、女性の魔法使いさん、吟遊詩人さんに話しかけた。

「私のポーションに感謝していただいたのはとても嬉しいのですが……どうして隣の国まで護衛してくださるのですか？」

私のポーションを使ったことがあるということだったが、私じゃない薬師が作る同じようなポーションは少なからずある。

こんなに私によくしてくれる理由を知りたかった。

魔法使いさんと吟遊詩人さんは顔を見合わせてから、リーダーらしき戦士の人を見る。戦士さんはぼりぼりと派手に頭を掻き、口を開いた。

「……ああ、もう！　黙ってるのは騙《だま》してるみたいで嫌だから言うぜ！　俺たちはお嬢さんが作ったポーションを買いたいんだ。だから、隣の国のどこで店を開くのかとかを知りたいんだよ！」

「え？」

「そうなの、私も下心いっぱいでごめんなさい……。でもお花印のポーションがあるのとないのじゃ全然安心感が違うし、あなたのポーションが買えなくなるのは冒険者にとって死活問題なのよ」

「マーガレッタさんのポーションは、普通のポーションの五十倍の値段でも、効果は百倍ですから、いくつでも欲しいんです」

え、私のポーションってそんなに高いんですか？　お父様は普通の値段で売っていると言っていたから、何かの間違いだと思うんだけど……

「普通の値段で卸しているので、お値段は他のと変わらないはずですけれど……？」

「取り合いになったら、どんなものでも高くなるんだよ」

「知らぬは制作者ばかりなりってことね。どっかで儲《もう》けをピンハネしてるんじゃない？」

「絶対やってます……もしかして、ひどい環境で作っていたのではありませんか？」

冒険者の皆さんは顔をしかめた。

心当たりがなくてただただ驚いていると、冒険者たちは一斉にため息をついた。

「……こりゃ、心配だなあ」

「誰か、レッセルバーグに貴族の知り合いがいない？　なるべく偉い人」

「あー……ちょっと何人かに当たってみます」

「ホント、心配だよ。お嬢さん、よくしてくれるからって、知らない人についてっちゃだめだからな？」

「わ、私はそんな子供ではないです！」

もう十六歳だし、子供扱いされたくはない。たしかに一人で暮らせるかは不安だけれども、知らない人になんてついて行かないです！

「いやあ……これは御者《ぎょしゃ》のハンセンのお手柄だわ」

「こんな純粋な子が一人でうろついていたら、すぐに騙《だま》されるだろうな」

「だろう？　俺はそういうことによく気が付くんだよ」

ぐるりと振り返って御者《ぎょしゃ》さんまで他の人に同意してしまった。馬車の中では笑いが起きて、私もつられて笑ってしまう。

ふと、馬車の後方、進んできたほうへ視線を向ける。

今はまだ聞こえないけれど、きっと明日、起こる。私が国を出たのだから。きっとリアム王国では、とんでもないことが起きるはずだ。

でも深く考えることはやめた。

あの国がどうなっても……ノエル様やお姉様がどうなっても、ランドレイ家がどうなっても……私にはもう関係のないことなのだから。

馬車は不穏な雰囲気を漂わせる夜の森を走り、リアム王国とレッセルバーグ国との国境付近に着いた。

国境は森に囲まれている。聞き慣れた人々の喧騒はなく、ガラガラと大きく鳴り響く車輪の音や、風に揺れて葉が擦《こす》れる音が耳に入る。

時折聞こえる動物の遠吠えと、驚いて飛び立つ鳥らしきものの影。

王都で暮らしていた私は、全て初めて見聞きするもので……思わず不安と恐怖でスカートをぎゅっと握り込んだ。

「大丈夫よ、そのために私たちがいるんだから」

「ありがとう……ございます」

魔法使いさん――メリンダと名乗った女性は笑って、私が膝の上で握り締めていた手に手を重ねる。彼女の手のひらはほっとする温かさだった。

……本当に一人じゃなくてよかった。夜の森がこんなに怖いなんて知らなかった。

「見えた、国境警備所だ」

御者《ぎょしゃ》さん――ハンセンさんの声が聞こえた。

ここを越えて、私は生まれ育った国を出ていくんだ。それを意識すると、不安が大きく膨れ上がって襲い掛かってくる。

……どうしよう、私は一人で大丈夫なんだろうか。怖い、とても怖い……

揺れる馬車の中で戦士さん――カールさんが窓に手をかける。走る馬車の窓を開けるのは危険だと本で読んだけれど、彼は何の躊躇《ちゅうちょ》もなく窓を開けた。そしてさらに危ないことに、窓から半身を出し、遠くにある国境警備所に向かって大きく叫んだ。

「おーい！　そっちの国に入れてくれ!!」

「は!?」

国境の警備員さんたちの驚きの声が聞こえる。

「な！　お前、そんなこと言っても身分と許可証を――」

「俺が入れろって言ってんだから入れろ！　ほらこれ！」

カールさんは何かのカードを取り出して、遠くから警備員さんたちに見せる。どうやら冒険者証らしいが、なんだかとてもキラキラしている。冒険者証というものを初めて見たのだけれど、すごく綺麗で、思わず見入ってしまった。

「S級冒険者のカールだ！」

「カール？　あの『双大剣のカール』か！」

カールさんの声を聞いて、警備員さんたちはすぐに道を開けた。

カールさんが警備員さんたちにお礼を言っている最中も馬車は速度を落とすことなく、私たちはあっさりと国境を越えてしまった。

S級という肩書きもそうだが、警備員さんたちとのやりとりを見るに、もしかしてカールさんってすごい実力者なんだろうか？

そんなことを思っていると、馬車が停まった。

本で読んだ限りでは、国境を越える時には身元確認や持ち物検査があるらしい。

でもそういうのは国境を越える前にやることで、通ってからではなかったはず。検査を後回しにしてまで、こちらの国に入りたい理由がカールさんにはあったのだろうか。

馬車の中で何が起きるのかとドキドキしていると、カールさんは慣れた様子で馬車から降りて、集まってきた警備員さんたちと話し始めた。

……やはり国境の越え方が普段とは違ったのだろうか。警備員さんの表情は芳《かんば》しくない。

隣に座るメリンダさんは呪文のようなものを呟くと、誰かと話をし始めた。

「なぁに、皆に任せておけば問題ないですよ。カールさんはガサツだけど、ああ見えて頼りになりますから。よろしければ、歌でも歌いましょうか？　私の歌を聞けば大抵の魔物も一発で眠りにつきますよ、味方もだけど」

吟遊詩人さん――トリルさんが呑気に欠伸《あくび》をしながら言うので、私は緊張がほぐれた。だが楽器を取り出して歌いそうだったので、それはやめてもらった。

そんなことをしていると、メリンダさんが話を切り上げて、カールさんに手を振る。

「カールさん、グラナッツ爺と連絡取れた～！　この子に会わせろってさ」

「グラ爺か、いいな。兄ちゃんたち、無理に通って悪かったな。ちょいと訳アリでね……責任はグラナッツの爺さんが取ってくれるから、兄ちゃんたちは心配しなくていい」

少しだけざわざわしていた警備員さんたちは、顔を見合わせやれやれといった表情を浮かべる。

さらにカールさんの大声を聞きつけて、警備員さんたちの詰所のような場所から、偉そうな身なりの大柄な男性がのそりと出てきた。

出てきた人はおっとりとした熊のようにも見えるけれど、きっと強い人なんだろう。男性は私やカールさん、皆さんの姿を一瞥して「ふむ」と一つため息をついて腕を組んだ。

「カールさんの連れなら通さないわけにもいかないが……急ぎなのか？」

「ああ。隊長さん、実はな……」

カールさんは隊長さんと呼んだ大柄な男性に近づき二言三言耳打ちをしたが、それを聞くなり隊長さんはすぐに頷いた。

「なるほど、なら歓迎だ。目的地までどうぞお気をつけて」

隊長さんは、笑顔で手を振ってくれた。どうやら怖い人ではなかったようだ。

「ありがとうございます！」

私もお礼を言うけれど、カールさんが戻ると馬車はすぐに走り始め、それ以上話はできなかった。馬車から身を乗り出し隊長さんを振り返ると、途切れ途切れに声が風に乗ってきた。

「近々お客さんが来るかもしれん、気を抜くなよ！」

「はっ！」

お客さん……一体誰なんだろう。国境は人がたくさん通過するし、こんな夜中でも高貴な人が来るのかな……？

それにしても、国境越えは想像以上にあっさりで、拍子抜けしてしまった。カールさんがここの隊長と知り合いだったようだから、きっとそのおかげで簡単に通れたんだろう。

他の冒険者さんたちも強そうで頼りがいがあるし、私はとても幸運なんだ、と馬車に揺られながら、私はしみじみと実感していた。

◆◇◆

そうして私たちは、メリンダさんとカールさんが話していた「グラナッツ爺さん」という方のお家――いえ、お屋敷に着き、豪華な応接間に通された。

お屋敷の内装や調度品は……どれも洗練されていて高価なものばかり。

侯爵邸にも家具や絵画、置物などは値の張るものが置いてあったけれど……このお屋敷はなんというか、格が違う。

廊下に置かれている飾り壺も、廊下にかかっている絵画もすべて一流のもので、王宮にあってもおかしくないものばかりだ。

そして私たちが通された応接間もまたすごい。

座ってくれと言われて腰を下ろしたこのソファも相当高級品ですよ、これ！

座り心地は柔らかすぎず、かといって硬い訳でもない。しかも使ってある表材が一流のものなので、手触りがとてもいい。腰を下ろすのをためらうほどだ。

目の前にいるおじいちゃんは、そのソファにどっかりと座り、私に優しげな視線を向けた。

「さて、このお嬢さんがリアム王国の天才薬師、マーガレッタ・ランドレイさん、かのう？」

「あ、あの……私はたしかにリアム王国に住んでいたマーガレッタですが、天才ではなく、ただの薬師で……」

天才薬師って誰ですか？　私はポーションの類《たぐい》しか作れません。

「ほ……？」

おじいちゃん――グラナッツさんは、目を丸くする。驚くグラナッツさんはなんだかとっても可愛らしくて見ていて飽きない。

グラナッツさんは年配の方で、真っ白い髪を後ろに撫でつけている。貫禄があるのに笑い皺《じわ》のある目元がとても優しいおじいちゃんだ。

お年のせいもあるのか、ちょっとだけ身長が低く見えて、それが可愛らしさに拍車をかけている。

「グラ爺。どうやら『知らぬは制作者ばかりなり』みたいだぜ。この花がついてるポーションが、普通のポーションの五十倍の値がついてるのを知らなかったし」

「いや、カール坊。我が国レッセルバーグではその二百倍の値段が普通じゃよ。特級ポーションにいたっては王家に献上するレベルじゃ」

カールさんが自分の鞄から取り出した初級ポーションには、マーガレットの花の刻印がある。それは間違いなく私が作ったものだ。

でも私のポーションが二百倍の高値になるなんてある訳がない。

あ、そうか。二人とも私が小娘だからからかっているんだ！

そっちがその気なら、からかってみましょうか。

私だってやる時はやるんです。

「あら、そんなにお高いなら、手持ちのポーションを買い取ってもらえませんか？」

通常の二百倍なんて値段で売れたら私は大金持ちになってしまうし、王家に献上とか本当にあり得ない。

毎週何百本もお父様が卸していてその全部が家の収入になっていたから、私には一ゴールドも入ってきたことはないから値段は良くわからないけれど……

そんなに高額だったのなら、少しくらい私にお小遣いをくれるはずだ。

私は家を出る時に持ってきた在庫のポーションを、コトリ、コトリとこれまた高級な一枚板のテーブルの上に並べていく。テーブルに傷をつけないように、ゆっくりゆっくりと。

しかしその私の気遣いもむなしく、カールさんとグラナッツさんは勢いよく立ち上がった。ガタガタとテーブルの上のポーションが倒れてしまった。

テーブルに傷がついてしまう！

「ポ、ポーションを持ってるのか!?　買う！　全部俺が買う！」

「カール、黙れ！　わしが全部買うんじゃぁッ!!」

「ひぃっ!?」

な、なんですか、二人とも。急に目の色を変えて立ち上がって怖いです！

私は彼らの迫力に竦《すく》み上がり、持っていたポーションを手から滑らせた。

「あっ！」

「うわあああああああ！　俺のポーション！」

ポーションが床に叩きつけられる前に、素早い動きでカールさんがキャッチして事なきを得た。

けれどカールさん、私のポーションです、それ。

「特級が二本に……最高級が五本、高級が十本、残りは初級が十本……グラ爺、半分――」

「馬鹿抜かせ、もう少しわしに譲らんかい」

「いや待て、俺らはこれからこれが必要になるんだよ」

「いやいや、特級はすぐ王宮へ持っていく。妃殿下が体調を崩して久しいからのう……」

あれ、さっきのは冗談なんですよね？

ポーションの取り分を相談している二人があまりにも真剣で、笑いが引っ込んでしまった。なんだか怖くなってきて、私は恐る恐る二人に声をかけた。

「あ、あの……」

「すぐ金を持ってくるから、安心してくれ。いやまさかやっぱり売りたくないとか⁉　頼むよー、実物を出しておいてそりゃないだろう？」

カールさんが頭を抱えて慌てる。そして、テーブルの上に並べたポーションを太くて長い両腕で囲う。

いや、別に売りたくないとかは言いませんって……

「いえ、そうではないのですが」

「では遠慮なく！　ウェルス、金を持ってきてくれ。しかしこれを全部金にするとかさばるのう……マーガレッタ嬢、どこかのギルドの通帳などは持っておるかね？」

グラナッツさんも、優しくそう言うけれど、目だけは真剣だ。本当に冗談……じゃないんでしょうか……

私のお金はすべてお父様が管理していたから、通帳は持っていない。それにしても、かさばるほどのお金って一体いくらなのだろう。

私は首を横に振って答える。

「申し訳ありません。実はそういうものを持っていなくて……」

「では早急に作ったほうがいい。マーガレッタ嬢に支払うポーション代は少しの間、我が家で預かっておこう。ウェルス、証書用の紙とペンを」

グラナッツさんがそう言うと、グラナッツさんの執事、ウェルスさんが、明らかに高そうな紙とペンを持ってくる。

そしてその紙に見た事もない桁《けた》の金額をサラサラと書いた。

私は一瞬で大金持ちになったみたいだけど、実感がない。こんな大きなお金、生まれて初めて手にするし……

でもそんなことより、私は自分自身の今後についてのほうが気になっている。

この国では、私は受け入れてもらえるだろうか。

こんなに大量のお金があったら、しばらくはどこかの宿に泊まれると思うけど、それも一生は続かないだろうし……

「あの……」

私の不安が伝わったのか、私を見ていたカールさんはハッとして、グラナッツさんを見た。

「あ、グラ爺！　ポーションに夢中になって俺たちお嬢さんの話を聞くの忘れてるぜ」

「おお、そうだった！　すまん、マーガレッタ嬢。……どうかマーガレッタ嬢の身に何が起こったか教えてもらえんじゃろうか……必ず力になるぞ」

二人の優しい視線に、どうしようか、悩んだ。私はこの国に知り合いがいないから、頼れるのはグラナッツさんやカールさんたちだけ。

皆さん初めて会った人たちだけど、なんとなく信じられそうだと思ったから、私の身に起きたことを話すことにした。

話すうちに二人の表情がどんどん曇っていく。

「……なんと、リアム王国の有名貴族、ランドレイ侯爵家のご息女の一人がマーガレッタ嬢だったとは……」

「そして色々な事情で国を出ることになった、と」

「マーガレッタ嬢は、このレッセルバーグに居を移したい、ということでいいのかね？」

グラナッツさんとカールさんは真剣に私の話を聞いてくれて、私が言いたくなくてぼかしたところは、深く聞かないでいてくれた。

この人たちは、追い出された私に、こんなに親身になってくれる。しかもリアム王国の婚約者や、長い間一緒に暮らしてきた家族よりも、ずっと。——悲しいけれどそうだった。

私は目頭が熱くなるのを感じながら、二人の言葉に頷いた。

「ええ、そのつもりで来ました。この国は森に囲まれて魔獣が多く、さらに大きなダンジョンもあると本で読んだんです。それなら私が唯一作れるポーションがよく売れるのではないかと……」

「それは正しい認識じゃ。ポーション不足は我が国が抱える大問題だからのう」

「そうだな、神殿の癒し手たちも毎日毎日大忙しだから、怪我をしても頼みづらいんだよなあ」

グラナッツさんとカールさんは顔を見合わせて「はぁ」と大きくため息をつく。

「しかし、冒険者たちに退治してもらわねばならぬ魔獣はとても多く、ポーションの需要は上がるばかりじゃ……もしマーガレッタ嬢がこの国に移住するのであれば、大歓迎はしても反対する者などおらんよ。もちろんわしらもな」

「こっちから頼みたいぜ。あ、でも、住んでから決めたほうがいいと思うぜ。思ってたのと違う、ってこともあるしな」

「そうじゃのう、カール坊にしてはいいこと言うのう」

「だろうだろう！」とカールさんは気持ちよさそうに笑う。グラナッツさんも愉快そうに笑っている。

きっと不安でいっぱいの私に、気を遣ってわざと明るく振舞ってくれてるんだ。

こんなに優しい人が住んでいる国なら私も暮らしていけそうな気がして、少しだけ未来が明るくなった気がした。

「いえ、ぜひ。こちらこそ、よろしくお願いいたします」

私は立ち上がってぺこりと頭を下げる。ここに住んでこの人たちの力になれるなら、ぜひ移住させてもらいたい。

その後、これからの住まいやら仕事やらを三人で考えた結果、しばらくの間は、このお年の割に溌剌《はつらつ》としたお爺ちゃんこと、グラナッツさんの家に居候《いそうろう》させてもらうことになった。

「可愛い孫ができた！　いや、本当に孫にならんかのう……？」

「孫だなんて、そんな……」

居候《いそうろう》するにあたってお話を聞くと、グラナッツさんは貴族のご隠居様だった。

「あの、姓のほうをお聞きしても？」

「それはそのうち、な。ところで、わしには孫が一人いるのだが男でのう～……女の子の孫がおったら華やかでいいんじゃが……どうかの？」

もしかしたら名のある貴族かも……と思い、聞いてみたが、濁されてしまった。

グラナッツさんにも事情があるのかもしれないけれど、今の私は知らなくてもいいのだろう。

だって、目の前のグラナッツさんは私を騙《だま》そうとか、自分の都合のいいようにこき使ってやろうとか、そんな感じはまったくないから。

私はにこにこと笑うグラナッツさんに釣られて、笑いながら過ごした。


お話が一段落すると、このお屋敷のメイド、ロジーさんがやってきた。

「大旦那様、お嬢様は旅でお疲れですよ。お話ならまた明日になさってはいかがでしょう？」

「そうか、ならちょうどいい。俺も宿に戻るぜ」

カールさんは立ち上がり、伸びをした。

「カールさんはグラナッツさんのお屋敷に泊まるわけではないんですね」

「まぁな。貴族の屋敷のやわらけぇベッドじゃ、寝た気がしねえんだ！」

私にはよくわからない理由だったけれど、カールさんが言うならそうなんだろう。カールさんは、じゃあな、と手を振って出て行ってしまった。

「マーガレッタ様。お部屋をご用意いたしました。お風呂の準備もできておりますので、お手伝いいたします。どうぞ、こちらへ」

「そ、そんなお風呂なんてもったいない……」

ロジーさんは素敵な提案をしてくれたのだけれど、私にそんな手間をかけてくれるなんて、なんだか申し訳ない。

私が首を横に振ろうとすると、グラナッツさんがにこにこと声をかけてきた。

「マーガレッタ嬢。どうかロジーに世話をさせてやっておくれ。普段、ロジーは爺の世話しかせんから、同じくらいの女の子の世話がしたいんじゃろう、な？」

「そうですわ、マーガレッタ様。お若い令嬢のお世話なんて久しぶりでワクワクいたします！　さ、こちらへ！」

「あの、あの……!?」

私はロジーさんに連れられて応接間を退出した。どうやら私の遠慮は完全に無視されたようだ。

そして、実家にいる時より好待遇でお世話をされてしまった。

実家にいる時も使用人の皆は大事にしてくれたけれど、それがお姉様やお母様にバレると嫌味を言われたり、辛く当たられたりするので、申し訳ない気持ちでいっぱいになったものだ。

ありがたくお風呂をいただき持ってきた服に着替えようとすると、ロジーさんが新しいワンピースを何着も持ってきてくれた。

「流行りのものを見繕いましたが、お気に召すものはございますか？」

動きやすそうな服から、ゆったりできそうな寝間着まであって、びっくりしてしまう。しかもこの服、私がお父様に与えられた服より何倍も良い物だ。

シンプルな作りながら手触りがいいし、襟元や袖口に細かなレースや刺繍《ししゅう》が施されている。きっとどこかの有名なお店の一点ものだ。

「……ありがとうございます……!!」

ロジーさんが持ってきてくれた服のうち、私は、自分には少し可愛すぎるかも、というワンピースに着替える。きっとグラナッツさんがロジーさんに言ってくれたんだ、とグラナッツさんにお礼を言いに行くと、目を細めて笑ってくれた。

「いいんじゃよ。それにしても可愛いのう〜……やっぱりわしの孫に……」

「あははは……」

そんなグラナッツさんの隣で、お疲れでしょう、とロジーさんが軽食を用意してくれて、その後はとても綺麗に整えられた部屋に案内してもらった。

そっとベッドに腰を下ろすととってもふかふかで、あまりの気持ちよさに思わず寝転び、うんと大きく伸びをする。

「いいのかな……」

外はもう夜になっていて、月が昇り、動き……そして今日が終わる。今日という日が終われば、契約が切れる。十年前、騙《だま》されるように結んだ契約が、完全に終了する。

「ううん、いいんだよね。だって、お父様もお兄様もお姉様もノエル様も……私はいらないとおっしゃった。つまり、契約はもう必要ないってことなんだよね」

リアム王国やお父様たちにとってどうしても契約が必要なものだったなら、私を国から追い出したりなどしないはず。

かなり大きくて強いものをノエル様やお父様たちにお貸ししていたけれど、もう必要なくなったのだろう。だから契約の更新をしなかったのだ。

ベッドに寝転ぶ私の視界に、カーテンの隙間越しの夜空が見える。

まん丸の月が少しずつ夜空を昇っていく。そして天頂にたどり着いた。それは、日を跨いだ、ということだ。

それと同時に、視界はふわふわと光が現れ、たくさんの声が聞こえ始めた。

〈マーガレッタ……久しぶりね〉

〈やっとマーガレッタの所に戻ってこれた〉

〈今度はあんな契約しちゃだめよ……。もうわかってると思うけれど〉

〈あの頃のマーガレッタには拒否できなかったよな……〉

「ああ、お帰りなさいませ……みなさま。ええ、もう大丈夫。十年前の私とは違います。今度はもう……あんな契約は結びません」

〈それを聞いて安心したわ。今度は自分の為に上手に使ってね〉

〈あなたのための力なんだから、あなたは使っていいのよ？〉

〈そうだぞ、マーガレッタ。お前が使うんだ〉

〈ま、間違いも時には仕方なし。そうやって人間は成長するんだからな〉

『みなさま』の声が聞こえ安心した私は、そのまま目をつむり、夢の世界に旅立った。

◆◇◆

私はランドレイ家で執事見習いをしているエドワードと申します。

ランドレイ侯爵夫人であるアイリス様の実家からやってきた執事見習いで、ランドレイ家の執事長であるトマスさんの補助として執事の仕事を学ぶために、少し前からランドレイ侯爵邸で働かせていただいております。

今日は王宮で大切なパーティーということで、ランドレイ侯爵家の皆様でお出かけです。私はトマスさんの代理として皆様について参りました。

しかしそこで、とんでもない事件が起きました。

「マーガレッタ！　お前のような令嬢とも呼べぬ娘を、私の婚約者にしておくわけにはいかない！お前との婚約を破棄させてもらう！」

よく通る声で朗々と、ノエル殿下がマーガレッタお嬢様との婚約破棄を宣言し、聖女であるロゼラインお嬢様を婚約者にすると宣言されたのです！

い、一体、何が起こっているのでしょうか!?

国王陛下を見ると、ぽかんと口を開けていらっしゃいます。これは、予定になかったことなのでしょうか。ですが、ロゼラインお嬢様とノエル様――寄り添う二人はまるで一枚の美しい絵画のようです。

燭台とシャンデリアの光でキラキラと二人の衣装が輝き、すべての出席者の目を引いていて、私もうっとりと眺めてしまいました。

二人の煌《きら》めきは、まるでこの国とランドレイ侯爵家がますます繁栄していくことを示唆しているようです。

それなのに、私の前に立つ旦那様の顔色は青ざめておりました。この発表のことを旦那様はご存じなかったようで、慌てているように見えます。

「な、何を……殿下は何を言っておられるのだ!!」

ノエル様は旦那様と同じく、日頃から地味な見た目のマーガレッタお嬢様を軽んじていましたが、さすがに婚約破棄に至るとは予想外だったのでしょう。

「で、殿下はお忘れなのか。なぜ殿下がマーガレッタと婚約なされたか!」

旦那様は呆然とそう呟きました。

婚約なさったときには、事情や政略があったのでしょうが、どちらにせよノエル様の婚約者はランドレイ家の令嬢なのだから、そこまでランドレイ侯爵家に損失はないはずです。

「あなた、よいのではありませんか。地味なマーガレッタよりロゼラインのほうが王妃にふさわしいでしょう?」

「ア、アイリス……駄目なのだ、殿下の婚約者はマーガレッタでなくては……」

「なぜです⁉　あなたも日頃から言っていたではないですか。マーガレッタではなくロゼラインが王太子殿下の婚約者だったらよかったのに、と」

奥様のおっしゃることはもっともですが、旦那様は奥様の言葉を否定なさいます。もしかして、奥様も知らない『何か』があるのでしょうか？

日が浅い一介の使用人であり、執事見習いの私には見当もつきません。

旦那様が唸《うな》っているうちに、ロゼラインお嬢様もマーガレッタお嬢様を邪魔だと言い、長男のオリヴァー様もノエル様に追随し始めました。

「や、やめろ……やめるんだ、ロゼライン、オリヴァー！　こ、このままではマーガレッタが……マーガレッタが……」

「あなた。マーガレッタがいなくても我が家は問題ありませんわ。聖女のロゼラインがノエル様の婚約者に、そして我が家の跡継ぎには優秀なオリヴァーがおりますもの。我がランドレイ家は安泰です。あなたもご存じでしょう？　オリヴァーは剣の腕だけでなく、頭もいいのですからね！」

「駄目だ、アイリス。マーガレッタは我が家に必要な娘なのだ！」

旦那様は歩み出て、お嬢様たちを止めようとなさいますが、奥様に腕を取られ押しとどめられてしまいました。

「いまさら何をおっしゃいますか。マーガレッタはいらない子供だと、あれほど言っていたあなたが、今日に限ってあの子の肩を持つなど」

「アイリス……マーガレッタとて私たちの娘――私たちの『とても使える娘』なのだ」

私はあまりマーガレッタお嬢様と話をしたことはございません。関わらなくてよい、と旦那様と奥様から言いつけられたので、顔合わせすらしておりません。

なので私は、マーガレッタお嬢様がどんなお方かはわかりません。ですが、旦那様がおっしゃるのなら、『とても使える娘』なのでしょう。貴族の家には執事が口を出してはならない境界線というものがありますから。

「あの子の薬師としての能力は高いですが……あの子だけ地味な茶色の髪じゃないですか！　あなただってあの子だけ私たちと違うと思っているから、あの子にだけ冷たくしていたんでしょう？」

「ち、違う……」

私がこの仕事に就く前に調べた限りでは、ランドレイ家の歴史を辿ると茶色の髪の者は何人もいて、何より旦那様のお母様はマーガレッタお嬢様と同じ茶色の髪です。

今のランドレイ侯爵家では、金髪で碧眼であることが美しいと重要視されているのは確かです。髪の色と目の色に誇りを持っているようなのです。

旦那様も常日頃から、ご自身の髪と瞳の色を自慢しておられますが、どうしてか、今回だけはお嬢様を擁護なさっています。

「違わないわ、あの子をいつも調剤部屋に押し込んで仕事をさせている間に、私たちは食卓を囲んだ。それはあの子が私たちの本当の家族じゃない、何かの間違いで産まれてきた子だからよ、あなただってそう思っていたんでしょう？」

「だが必要なのだ……」

「だから、どうして！」

旦那様と奥様は小声で言い合いを続けていて、話が纏《まと》まらないままです。

その間にも、ロゼラインお嬢様とオリヴァーお坊ちゃまはマーガレッタお嬢様を公衆の面前で罵倒し続け、もう事態の収拾がつかなくなっておりました。

そして、マーガレッタお嬢様はパーティー会場から逃げるように消えました。

あそこまで言われてこの場に残るのは、たとえマーガレッタお嬢様でなくとも難しいでしょう。

ノエル様やロゼラインお嬢様、オリヴァーお坊ちゃまはやりきったという表情でしたが、夜会にはおかしな雰囲気が漂い始め、普段よりもかなり早い時間に解散となりました。

「先に戻っておれ、私は陛下に話がある」

「畏《かしこ》まりました」

旦那様は一人王宮へ残り、国王陛下との面会を取り付けたとのことです。たしかに婚約者をロゼラインお嬢様に変更するなら、たくさんの手続きがあることでしょう。

私は旦那様から命じられた通りに先に侯爵邸に戻りました。

きっと国王陛下と話をなされば、旦那様のお気持ちは上向くはずです。何せ、聖女であるロゼラインお嬢様が王太子殿下であるノエル様と婚約なさるのだから！

しかし真夜中近くに戻ってきた旦那様の顔色は、お世辞にもよいとは言えないものでした。

「あ、ああ……マーガレッタとの契約が……お、終わってしまう……！」

旦那様は頭を抱えて顔面を蒼白にしておられますが、私には何が起こったか分かりません。そんな旦那様の様子を、トマスさんは静かに見つめていました。

「こぼれたミルクは戻らない、いくら嘆いても……」

トマスさんの呟きの意味が、私にはまったく分かりません。

しかし、旦那様のおっしゃっていた『契約』が終わったことで事態は静かに進み、その恩恵にあずかっていた者たちは、そのことの意味に気づかないままなのでした。

翌日、ロゼラインお嬢様の機嫌が悪いとメイドたちから泣きつかれた私は、ロゼラインお嬢様の部屋にやってきておりました。

聖女とはいえロゼラインお嬢様は貴族の令嬢です。少し……いや、それなりに、私たちに強く当たることがあります。

私はこのランドレイ家に来た時、ロゼラインお嬢様は聖女だから誰でも分け隔てなく優しく温かく接してくださる、と思っておりました。それがすぐに誤りだとわかり、落胆したことを覚えております。

それでもロゼラインお嬢様は、私が仕える旦那様のお嬢様。

どれほど強く当たられても、しっかり仕えなければなりません。これも立派な執事になる為に必要なことです。

「変ね……いつもスッキリと目覚めるのに、今日はぼんやりとして体も重いわ。せっかく昨日我が家の役立たずを追い出して、私がノエル様の婚約者になったのに。うふふ、意外と緊張してしまって、よく眠れなかったのかしら？」

ロゼラインお嬢様の部屋に近づくと、そんな声が聞こえてきました。そうか、今日からロゼラインお嬢様がノエル様の婚約者なのでした。

王太子妃、そして王妃になることが決まったことで、無意識に緊張していらっしゃったのでしょう。ロゼラインお嬢様は扉の前で待機していたメイドに声高に命令なさいました。

「あれを持ってきて！」

メイドは何のことか分からず、首を傾《かし》げます。あれとは何のことだろう……私にも分かりません。

「まったく使えないメイドだわ。主人である私があれって言ったら、あれに決まっているじゃない！」

「あれ……もしかしてマーガレッタお嬢様の作られたドリンクですか？」

「分かってるなら早く寄越しなさいよ！」

メイドはこれ以上ロゼラインお嬢様の機嫌が悪くなる前に、急いで棚から小瓶を取り出し、ゆっくりと差し出します。お嬢様はそれを奪い取ると一気に飲み干しました。

「まあまあね」

あれはマーガレッタお嬢様が製作なさったドリンクの一つだったかと思います。

「元気のない時に飲むとすこし疲れが取れますが、常用はお控えください」とおっしゃっていた、と聞いております。

ロゼラインお嬢様はとてもお疲れだったのでしょう。だからメイドにもつい、強い口調が出てしまったのでしょうね。

「さあ、今日からいい日になるわよ！」

ロゼラインお嬢様はドリンクを飲まれてお元気になられたようでしたので、いつも通り朝食後に、聖女の仕事をするために神殿へ向かいます。

メイドたちの希望もあって、今日は私がお供をすることになりました。


「聖女ロゼライン……いつものように祈りをお願いします」

「え、やっているわよ？」

祈りの間の中心で膝をつき、両手を組んでいたロゼラインお嬢様は、呆れ顔の女性神官にそうおっしゃいました。

いつも通り真面目に祈っているわ、とロゼラインお嬢様はおっしゃるけれど、いつも通り祈りながら不満そうな表情をしているのは誰もがわかっております。聖女が祈らなくても神官が祈ればいいじゃない、と日々漏らしておられましたから。

それでもロゼラインお嬢様は朝から神殿の祈りの間で膝を折って祈りを捧げていらっしゃる。

こうやって聖女が毎日毎日神に祈りを捧げることで、神官たちは神から力を賜《たまわ》るのだそうです。

「こんな寒いところで何時間も祈らなきゃいけないなんて、疲れるし面倒くさいし、馬鹿らしいわ。私はもっと地位が高くてお布施をたくさん納めてくれる人たちを治療する仕事があるし、お金を持ってない平民を治療するのも、こんなくだらない祈りを捧げるのも無意味なの！」

ぶつぶつと呟くロゼラインお嬢様の言葉を、私は聞かなかったことにしました。〝お優しい聖女様〟がそんなことを言うはずがないのですから。

普段はいろいろな理由をつけて祈りをさっさと切り上げるようですが、今日はそうはいかないようでした。

「聖女ロゼライン？　祈りが天に届いておりません。悪ふざけはおやめください」

神殿の中でも高位の女性神官が、ロゼラインお嬢様に注意をします。私にはいつも通り祈りを捧げておられるように見えましたが……

「いつも通りやってる、って言っているじゃない。ほら」

「ご冗談を。神聖力がまるで感じられませんわ。いつものようにお願いします」

「だから、やってるって！」

「……聖女ロゼライン、ふざけておられるのですか？　きちんと神聖力を乗せた祈りを――」

「やってるって、さっきから言ってるでしょう!!」

その言葉とともに、周囲にいた神官たちが騒《ざわ》めきます。本人たちは小さい声で耳打ちしているつもりのようですが、私にも聞こえるほどに声が少しずつ大きくなっておりました。

周囲の騒《ざわ》めきを纏《まと》めると、なぜかロゼラインお嬢様の神聖力は、見習い神官以下、というか、きれいさっぱり消え失せている、とのこと。

顔を青くした女性神官が、ロゼラインお嬢様に早口でまくしたてます。

「せ、聖女……ロゼライン……？　ま、魔法は、回復魔法は使えますか……？　詠唱も祈りもほぼ必要とせずに、しかも神聖力を気にせずに何度も使えたヒールやキュアといったものは……それに結界魔法は使えますか、使えますよね⁉」

「……つ、使え……ないわ……」

ロゼラインお嬢様がいくら両手を組んで祈ろうと、聖なる言葉を紡ごうと、昨日までは簡単にできていた癒しの技が一つもできなくなってしまったようなのです。

そんなことがあるのでしょうか……？

しかし一介の執事見習いである私は、部屋の隅でハラハラと成り行きを見守るしかありません。

「い……癒しを、ヒール！　嘘ッ！　なんで何にも起こらないの⁉」

普段、ロゼラインお嬢様が対象のものに手をかざすと、ふわりと温かい緑の光が現れるのですが、今は何も起こりません。

お嬢様も混乱していますし、それを聞いた神官たちから動揺が広がっていくのは容易に想像できました。

ロゼラインお嬢様は、祈りの間にいた神官たちに取り囲まれ……そして恐ろしい台詞を突き付けられました。

「聖女ロゼライン、あなたは聖女の資格を失っております。聖女の力が今のあなたからはまったく感じられない」

「え……どういう……」

「あなたはもう聖女ではない、ということです」

「な、なんですって……!?」

◆◇◆

私の名前はサウエル・シュテファン。

シュテファン家は代々侯爵位を世襲している家である。

そしてこのリアム王国で実力によって宰相という地位を得た私の目から見ても、リアム王国の王太子であるノエル様は「優秀」の一言では表し切れない才能があった。

あの両親から生まれた子供がよくここまで才気に溢れる傑物《けつぶつ》になったものだ。

剣の腕、魔法の才能、勉学。どれをとっても王太子という地位に引けを取らず、次期王という肩書きにも勝るほどの能力があった。

さらに彼の容姿は人を惹きつけるほどに美麗なのだ。

キラキラと煌《きら》めく金の髪に、澄んだ青空を映したかのような青色の瞳が美しく、さらに明るく爽やかな性格で、誰からも好かれる好青年。

動き一つにも気品があり、ノエル様を見て「素敵ね」とため息を漏らす令嬢は数知れず。難があるとすれば婚約者があまりにも地味だった、そういう素晴らしい人物——と、言われていた。

……しかし、その日はどうも違った。

「ノエル様。ノエル様？　おかしいな。いつもならもう起きて剣の稽古をしておられるはずなのに」

ノエル様は起こされずともご自身で起き、朝早くから自主練を欠かさない王子の鑑《かがみ》のような方であったはず。

しかし今日はいつまでたっても現れず、不審に思ったメイドたちが、たまたま通りかかった私に助けを求めたのだ。

私も不思議に思い、ノエル様の寝室をノックする。しかし返事はない。

「ノエル……様？」

昨日大きなことがあったからか今日の訓練は休みにしたが、もう起きてはいらっしゃるのだろうか。そう思い扉を開け、中の様子を覗き込むと、ノエル様はまだ睡眠中だった。

ノエル様が寝坊など、この十年間なかったことだけれども、人間だれしも寝坊の一度や二度はあるだろう。

「ノエル様も完璧ではなかったということだな。それにしても……」

大きないびきをかくノエル様の寝相は酷いものだ。頭と足が逆になり、毛布はベッドからずり落ち、枕もどこかへ飛んでいる。

絶句するほど、だらしなく情けない姿だった。

私は口角を上げてクスリと笑った。

「……子供みたいだな」

ベッドメイクなどいらないのではないか、と思うほど寝相がよかったノエル様にしては珍しい姿に少しだけ安心した。完全無欠の完璧な王太子にも人間らしさがあるのだと。

「ノエル様、ノエル様。朝でございますよ、朝食の時間です」

しかし、声をかけても、ノエル様のいびきは止まらない。

おかしい、何度起こしてもノエル様は起きないどころか、不快ないびきが大きくなる。

最初は微笑ましく見ていた私だったが、あまりに起きないものだからイライラがとうとう限界を超えた。

「起きてくださいッ！　いつまで寝ておられるんですかッ!!」

「うわぁっ」

相当な大声で叫ぶと、ノエル様はのそのそとやっとベッドの上で身を起こした。

「まるで国王陛下と同じくらい寝起きが悪い日ですね、いかがなさいましたか？」

「ん……なんだ……朝か……？　嘘だろう、体が重い……もう少し寝たい……」

「何をおっしゃいますか。本日も公務の予定がいっぱいです、さあ顔を洗って朝食です。皆様お待ちですよ」

「え……あ、ああ……」

ノエル様の様子を見て、私は不思議で仕方がなかった。いつものノエル様はもっと生気に満ち、明るく元気な青年である。

それが今日はどうしたのか。朝からどんよりとして、覇気《はき》がなくのろのろと動く。背中も自信なさげに曲がり、なんだか雰囲気も暗い。

あまりに似ていない、と言われ続けたノエル様の父親、国王陛下とそっくりなのだ。

「……ノエル様も人間、こんな日もありますよね」

「ん、なんか言ったかい？」

「……いえ、なんでもございません」

しかし私の気のせいではなかったようだ。

やっとベッドから這《は》い出て、しょぼしょぼと半分しか開かない目と丸めた背中で歩くノエル様の姿に、私以外の使用人たちもぎょっとした。

しかし使用人のうち、この城に長く勤めるものたちは顔を青くして頷きあったらしい。

十年前、婚約者を得る前の王太子ノエルはこんな姿であった、と。

その者たちに話を聞くと、近頃は両親とはまるで似ていないと言われていたノエル様だったが、十年前は瓜二つと言われていたというのだ。

さらに、王太子も無能だ、と陰で囁かれていた十年前のことを教わった。

私はごくりと唾を飲み、だらだらと歩くノエル様の背中を見遣る。

昨日までと打って変わって覇気《はき》のなくなった姿に、言いようのない恐怖を覚えた。

◆◇◆

昨晩、私たちランドレイ侯爵邸の使用人が敬愛するマーガレッタお嬢様が、自らの意思ではなかったものの、この家と離別なさいました。別れは辛く悲しいものですが、使用人一同精一杯の感謝を込めてお見送りしました。

執事長である私トマスだけでなく、末端の使用人にまで最後まで心を砕いてくださった優しいマーガレッタお嬢様の幸せを心よりお祈り申し上げたものです。

残されたランドレイ侯爵家の噂が、お嬢様の耳に届かぬことを祈りながら。

翌朝、ランドレイ侯爵家嫡男、オリヴァー様の目覚めは最悪で、普段よりも多くの時間寝たところで疲れは取れていないようでした。しかも起こしにいったメイドに、朝から大声を上げたようです。

「目障りなマーガレッタを追い出したのに」

マーガレッタお嬢様がご家族の為に、と置いて行ったドリンクを一気に飲み干し、ゆっくりと自室から食堂へやってこられましたが、目の下の隈《くま》が酷く、いつもの美男子振りはございませんでした。

「おはようございます、父上、母上」

「おはよう、オリヴァー」

「……」

食堂には旦那様と奥様がすでにいらして、オリヴァー様をお待ちになっていました。しかし挨拶を返されたのは奥様だけで、旦那様は心ここにあらずです。

「父上？」

「あ、ああ。お、おはよう」

オリヴァー様は、青い顔でブツブツと何かを呟く旦那様に話しかけられましたが、生返事しか返ってきません。怪訝《けげん》な表情で奥様が旦那様に厳しい視線を向けます。

「あなた、昨日からおかしいわ。さあ朝食をいただきましょう、オリヴァー」

「え、ええ……」

奥様は怪訝《けげん》な表情を浮かべたままオリヴァー様を促し、食事を始めます。

しかしその朝食はすぐに中断されてしまいました。血相を変えたメイドが食堂に飛び込んできたからです。

——もう始まってしまいましたか。

私は思わずこぼれたため息を隠し、これから次々と飛び込んでくるであろう凶事の報告に備えなければいけませんでした。

「だ、旦那様！　大変でございます!!」

「何事だ、朝食の席だというのに騒がしい」

声を荒らげたのはオリヴァー様。飛び込んできたメイドを叱責《しっせき》しますが、それどころではない、とメイドは大声で続けます。

「侯爵領の鉱山で、大規模な崩落事故が起きました!!　死傷者多数の大事故だという急ぎの知らせが届いております！」

「なっ……⁉」

オリヴァー様と奥様はあまりのことに言葉を失いました。鉱山の事故など、ごく軽いものでさえこの十年間起きなかったのですから、当たり前かもしれません。

「それだけではありません！　侯爵家が多額の融資をしている商会の一つが、今朝方盗賊に襲われ大打撃を受けたとのこと。商品と人員に大きな被害を受けた商会は店を畳むしかなく、資金の回収はほぼ絶望的だと報告が……！」

「なんと⁉」

長年この家に仕える私でさえ、立て続けに起こる事象に耳を疑います。

まさか……いえ、ありえることとです。とんでもない報告を受けている最中に、使者が飛び込んできて、さらによくない報告がもたらされました。

「た、大変です‼　ご領地で一番の売り上げを出していた工場が火事で焼け落ちました！」

「う、嘘……」

信じられないほどの大事故の連続に、奥様は真っ青になって震えながら口元を押さえ立ち上がります。

「あ、あああ……もう、もう始まってしまったのか……」

ついに旦那様は頭を抱えてしまいました。

「旦那様、どうすればよろしいでしょうか⁉」

「早く手を打たねば！」

「ご領地が‼」

凶報を伝えた使用人たちはこぞって旦那様の指示を仰ぎますが、旦那様は死んだような目でブツブツと呟くのみ。

「マーガレッタとの契約が……まさか、こんなに早く……」

「オリヴァー！　どうしましょう⁉」

「母上、落ち着いて。こういう時は……」

奥様も含め一同は期待を込めて素晴らしい解決策を待ちます。

旦那様が決断できないような難しい場面では、オリヴァー様がいつもその明晰な頭脳で的確な判断をしてくださっておりました。

あの両親に似ず、などと陰で言われることもあるほどで、ノエル様のご友人としても一目置かれていらっしゃいます。

オリヴァー様はいつものように腕を組み、目を瞑りました。毎回この体勢になり少し沈黙なさった後に、あっと驚くような解決策を出されるのです。

しかし待てども待てども、今日はその目が開くことはありません。最初ばかりは安堵の表情を浮かべていた奥様も、やがて怪訝《けげん》な表情に変わりました。

「な、なぜだ……思い浮かばない……」

やがて目を開けたかと思うと、発したのはいつもとは違う覇気《はき》のない呟き。秀才の頭脳は、どうやら今日に限って調子が悪いようです。

「お、おかしい。いつもの囁きが聞こえない……？」

いつもなら完璧な解決策が聞こえてくるのに、と焦りが滲《にじ》む呟きが聞こえてきました。

「オリヴァー様！　このままではランドレイ侯爵家は多額の借金を負ってしまいます……！」

「あ、ああ。その通り、私も分かっているんだが……」

「オリヴァー様！　ランドレイ家の一大事ですよ」

「オリヴァー様！」

「オリヴァー!?」

居ても立ってもいられない使者は矢継ぎ早にオリヴァー様に催促しますが、ただ焦りが増しただけのようで、イライラと床を叩く靴底の音が加速していきます。

「す、少し黙っててくれ!!　考えがまとまらない！」

まとまらない……オリヴァー様はそうおっしゃいましたが、その後の様子を見ると、まとまるとか、まとまらないとか以前の問題だったようです。

「あぁ……困った、困った……」

ただひたすら、困った、と呟き続け、いつまで待っても解決策が出てくることはありませんでした。

第二章　地味令嬢、元の力を取り戻す

『みなさま』が戻ってきた日の朝。私がグラナッツさんのおうちの食堂に行くと、グラナッツさんが素《す》っ頓狂《とんきょう》な声をあげた。

「マ、マーガレッタ……嬢じゃよね？」

「ええ、私ですが……グラナッツさん、どうかなさいました？」

実は私を起こしてくれたロジーさんも「お嬢様、一晩で随分と美人になられましたね」と驚いていたのだ。

いや、一晩寝たくらいで人間の顔は変わらないと思う。

とはいえ、グラナッツさんは私の顔を見てものすごく驚いたようで、目をぱちくりさせている。

ちなみにウェルスさんもグラナッツさんの隣で、私の顔を見て目を大きくしている。

「う、うむ……東の国では『男子、三日会わざれば刮目《かつもく》して見よ』と言うらしいからの、年頃のお嬢さんは一晩で変わるのだろう……いやまさか？　我が家に不埒者《ふらちもの》が入り込んだなどということはなかろうな!?」

「大旦那様ッ！　朝からなんということを！　そんな訳ございません！」

「いやしかしロジー！　昨日会ったマーガレッタ嬢はたしかに可愛らしかったが、素朴な印象のお嬢さんじゃったぞ⁉　しかし今日は、あの女神フェリーチェ様もかくやというほど輝かしいではないか」

　ど、どうしたのかしら……？

　ロジーさんとグラナッツさんが言い合いを始めてしまった。しかもよくわからないけどどうやら私が原因らしく、申し訳ない気持ちになる。

　どうにかして止めたいけれど、私は二人の顔を交互に見ることしかできない。

　私が女神様みたいに美しいわけがない。ロゼラインお姉様ならともかく、私は地味で辛気臭いと皆から言われてきたのだから、たった一晩でそんなになる訳がない。

　でも近くでくすくすと笑う声が聞こえた――これはもしかして？

「我が家の警備はそんなに甘いものではございません！」

「そ、そうじゃよなぁ……」

「そうです！　ほら、早く朝ご飯を食べないと冷めてしまいますよ！」

　二人の言い合いはひとまず落ち着いたみたい。私は胸を撫で下ろし椅子に腰かけ、目の前に置かれた朝食に手をつけた。

　ふわふわのパンに甘いジャム。黄色くてなめらかな卵焼きにぷりぷりのソーセージ……温かくて心のこもった朝食をご馳走になった。

　朝食を食べ終えて、ロジーさんが片付けてくれたあと、グラナッツさんが真剣な表情で話しはじめた。

「マーガレッタ嬢。お主はどうも正しい価値観を養っていないようじゃ。このままでは、お主がこの国で働き生きていく上で、困ることになるじゃろう」

「……はい」

「だからまず、お主自身の価値をきちんと把握してほしい。わしは君に、何らかの後ろ盾が必要だと強く感じておる」

それから、私は自分が作ったポーションやドリンクなどが、いかに重宝されていて富を生むかを教えてもらった。

けれどにわかには信じられなくて、狐につままれたような心地だった。

……そんなに高級なのかしら？

私は瓶にマーガレットが刻印された初級ポーションを手に取る。パッと見る限りは、透明な赤い液体が瓶の中でちゃぽんと揺れるだけの普通のポーション。

私にとっては見慣れたもので、いつでも作れる身近なもの。これにそんな価値があるのかと思うと不思議でならない。

「リアム王国には聖女という稀有《けう》な能力を持つ者がおったそうだが、普通の国には聖女などおらぬ。だから怪我や病気は医者に頼ることになるが医者は数が多くないゆえ、薬に頼ることが多い。カールたちも言っていたが、マーガレッタ嬢が作ったものは他のものより効果が優れているから、君の身を巡って争いが起きても不思議じゃないんじゃ」

「そ、そんな……大げさな」

「信じられぬかもしれんが、このマーガレットの瓶の制作者がお主じゃと世に広まれば、本当にありえることなんじゃ。だがわしは、すでに隠居した身、お主を到底守りきれぬ……」

「グラナッツさん……」

「だからわしが用意できる最も強い後ろ盾を紹介したいのだが、いいじゃろうか」

「そんな、知り合ったばかりのグラナッツさんにそこまでしていただく訳には」

私をこの家に泊めてくれたことだけでもありがたいのだ。これ以上グラナッツさんに迷惑をかけるわけにはいかない。

しかしグラナッツさんはふるふると頭を横に振った。

「会うだけでもいいんじゃ。気に入らなければポイしても構わぬ。頼む、マーガレッタ嬢。わしはお主が気に入ってしもうた、これ以上辛い目や悲しい目にあってほしくないんじゃ」

グラナッツさんは、私の手をぎゅっと握り、真剣な表情で私を見つめる。

きっとグラナッツさんは、私がリアム王国からこの国にやってきた詳しい事情を知ってるんだ。

貴族のご隠居さんだから、情報を得る伝手《つて》があるんだろう。

その上でこんなに優しいことを言ってくれるなんて……そんなグラナッツさんを、無下にはできない。

「グラナッツさんがそう言うのなら……」

「ありがとう、マーガレッタ嬢！　実はもう呼んでおるんじゃ」

私の返答に、グラナッツさんはとびきりの笑顔を浮かべた。

えっ、まだ朝食が終わったばかりですよ⁉　そんな朝早く呼びつけたんですか⁉

私が嫌だと言ったら一体どうするつもりだったんだろう。

私とグラナッツさんの会話が一区切りついたところを見はからって、ロジーさんが食後のお茶を持って来てくれた。

そして、グラナッツさんが後ろ盾になってくれるという人を招き入れた。

後ろ盾というくらいだから、きっとグラナッツさんよりも若めのお爺ちゃんで、権力のありそうな渋い強面《こわもて》の人なのかな……とドキドキしながら待っていると、大きくテンポの良い足音とともに、一人の男性が入ってきた。

想像したのとは違う、背が高く、赤い髪の男性だった。

「爺ちゃん、おはよう！　わぁ、この子……すんごく可愛い！」

「アーサー！　開口一番なんじゃ、この阿呆！」

「うわ、ごめん！　あんまり可愛い子だったから！　お嬢さん、俺はアーサー、よろしく」

年は私より五歳か六歳くらい上で、ノエル様と同じくらいの年齢だろうか。

でもノエル様より背が高いし、体つきがしっかりして日に焼けていて、健康そうだ。

なんだか思っていたより怖そうな人じゃなかったから、肩の力がスーッと抜けた。

「よ、よろしくお願いします……」

私が挨拶を返したちょうどその時、グラナッツさんがアーサーさんの頭にポカリとゲンコツを落とす。

「こら！　まったくいつまで経っても礼儀をわきまえん奴め。ヒッコリー夫人に言いつけておくからな！」

「ギャー！　爺ちゃんそれだけは勘弁してくれ！　俺がヒッコリー夫人を苦手なの知ってて、そりゃないよー！」

そのやり取りが面白くて、吹き出しそうになった。アーサーさんって面白い人だ。

「って爺ちゃん、例の凄腕薬師さんってどこにいるの？　俺、緊張してドキドキしちゃう。粗相しないように気を付けないとね」

「この可愛らしいお嬢さんが、その凄腕薬師のマーガレッタ嬢じゃ」

グラナッツさんは優しい口調で、アーサーさんに私を紹介してくれた。

「いえ……私はそんな凄腕薬師なんて人じゃなくて、ただの薬師ですから。マーガレッタと申します、ごきげんよう」

私は椅子から立ち上がり、仰々しくないけれど礼を欠かないように膝を折って礼をした。いくら相手が明るくて面白い人でも、初対面の男性に慣れ慣れしくするのはよくない。

「まあ、美しいですね……」

ロジーさんの呟きが聞こえて、少し照れてしまう。

王太子妃教育で、さらには将来の王妃として礼儀作法は王宮で厳しくしつけられた。意識しなくてもつい体が動くが、あの大変な勉強が役に立つのなら、嬉しい限りだ。

「え……あ」

「はい？」

変な言葉が聞こえて顔を上げると、アーサーさんの顔が真っ赤になっていた。

さっきまでの騒がしさが嘘みたいに、目を見開いて口をぽっかり空けている。

「あの……アーサーさん？」

「――ぷ」

静寂を破って、ロジーさんが噴き出した。口元を手で押さえて顔を背けているが、肩が小刻みに震えている。

……なんでロジーさんは笑っているのだろう。

「……阿呆に春が来おった」

ロジーさんの隣に立つグラナッツさんは呆れ顔。

どういう状況なのか分からず、私はこの場にいる三者三様の表情を順番に見て回る。

「あの……グラナッツさん、これは一体どういう……？」

「いやなに、マーガレッタ嬢の後ろ盾にこの阿呆を推薦しようと思ったのじゃが……予想以上に阿呆だった。これは駄目じゃな」

「グラ爺っ!!　お、俺っ、俺！　マーガレッタさんのことが好きになっちゃった！　マーガレッタさん、君を愛してる、結婚してくれ！」

「ぴゃっ!?」

先ほどまで機能停止していたアーサーさんが急に動き始めたかと思ったら、いきなり愛を叫んで

きた⁉　た、助けて、グラナッツさん‼

「アーサー。多分本音と建前が逆じゃの」

「う、うわああああああああああああ！　間違えたあああああああ！」

アーサーさんは今度は大声を上げて、床に膝をついてしまった。

「も、もう駄目、た、耐えきれません……あ、あのアーサー様が一目惚れなんて‼」

完璧侍女かと思ったロジーさんは笑い出すし、アーサーさんは床に這《は》いつくばって叫んでるし、

グラナッツさんは呆れた表情でアーサーさんを見下ろしているし……

一体何が起こっているの⁉

すると私の困惑を汲《く》み取ったグラナッツさんは、一度咳払いをして、私に向き直った。

「ではきちんと紹介しようかの。この阿呆はな、実はこのレッセルバーグ国の第二王子なんじゃよ」

「えっ、王子様⁉」

全身からさーっと血の気が引く。

「まあ、第二王子だから、俺が王様になることは多分ないんだけどね。それに正妃様の実子じゃないし」

起き上がったアーサーさん——いえ、アーサー様と呼ぶべきでしょうか——はバツが悪そうに頬を指でカリカリとかいた。

「ともかく、お城で政治を行《おこな》う王太子の兄上とは違って、俺はダンジョンの管理や森の魔獣狩りな

んかの、現場の手伝いでこの国に貢献しようとしている。そこで今問題なのが怪我人の治療なんだけど……後は分かってくれちゃったりする？」

困ったような笑顔で、アーサー様はこちらを窺《うかが》うように話す。

「……なるほど。薬が不足している、そういう話に繫《つな》がるのですね」

「話が早くて助かるよ。でも無理な数は頼んだりしない。ただ作った薬の販売先に、ダンジョン管理とか魔獣狩りを行《おこな》う王宮騎士団を入れてほしいだけなんだ」

悪くない話、いや美味しすぎる話だと思う。

そんなしっかりした販売先なら願ってもない。

「破格の待遇だと思うたじゃろう？　でもな、それほどこの国では薬を必要としておるのじゃ」

「頼む、マーガレッタさん。何とか俺たちに売ってもらえないだろうか」

「えっと……つまりは専売ってことですか？」

私の作ったものをすべて騎士団に売ってほしいのか、と尋ねると、アーサー様は「いやいや」と首を横に振った。

「そんなことはしない。冒険者だって薬が必要なんだから。それに町の人だってマーガレッタさんの薬が欲しいだろう。そりゃ専売にしてくれりゃ大助かりだけど……俺はそこまで欲張りじゃないぜ」

……アーサー様、いい人だなあ。グラナッツさんが信用しているのも分かる気がする。

へへ、と眉尻を下げて微笑むアーサー様を見て、彼なら信用できる、と直感が告げた。

「分かりました。私も薬の販売先が欲しいと思っていたので、とても助かります。今後ともよろしくお願いします」

「ありがとうマーガレッタさん！　そしたら後で王家ご用達の薬師さんたちに渡すメダルを持ってくるね！　これを持ってれば下手なやつはマーガレッタさんに手出しできないし、手を出そうもんなら俺がギッタンギッタンにやっつけてやるから、安心して！」

「ぎ、ギッタンギッタン……た、頼もしいですね」

「おう！」

アーサー様は明るく笑っている。

彼を見ているとなんだかこちらまで笑顔になる。王子様なのに私が知る王子様とは全然違って……とても心地のいい方だ。

こんな王子様もいるんだと不思議で新鮮な気持ちにさせてくれた。

私の知っている王子様はリアム王国王太子のノエル様だけなのだけれど、ノエル様はいつも地味な私を見下して、突き放していた。

アーサー様とノエル様、立場は同じなのにこんなに違うものなんだ。

「そういうことじゃ、マーガレッタ嬢。この阿呆の用意が調《ととの》うまでわしの家にいてくれんか？　薬作りに必要な道具は持っておらんようだが、よければわしのほうで買いそろえよう。部屋も余っておるし、なんなら庭の離れを製薬専用にしてもかまわん」

それは甘えすぎなので断ろうとすると、グラナッツさんはさらにこう言ってくれた。

「その代わりわしらに薬作りを教えてくれんかの？　わしはもうジジィじゃが興味があるんじゃ。もちろん秘伝の技みたいなものが欲しい訳じゃなくて、初級ポーションの作り方だけでいいんじゃ。隠居の身だからできることは限られておるが……何とか若人の役に立ちたいのじゃ」

「グラナッツさん……」

このお爺ちゃんはすごい人だと、感動してしまった。

貴族が隠居をしたら基本的には何もせずゆっくりのんびり過ごすもの。

それなのにグラナッツさんは、若い人のために何かしたいと言っている。

まだ若い私も、グラナッツさんの考えを尊重したい！

「そういうことでしたら、こちらこそ喜んで！　でも私のポーション作りはいたって普通で、秘密にしていることはありませんよ？」

「いや、作り手が増えるだけでこの国はだいぶ助かるんじゃ！　本当に無理ばかり言ってすまんのぅ、マーガレッタ嬢……恩に着るぞえ」

グラナッツさんは立ち上がってぺこりと頭を下げた。

「やめてください、グラナッツさん！　私のような小娘に！」

「いやいや！　教えを乞うならマーガレッタ嬢はわしの師匠じゃ！　師匠に頭を下げぬ弟子はおらんじゃろう」

「そ、それはそうかもしれませんが、私が居心地悪いんです～！」

こうしてトントン拍子に衣食住のすべてが決まり、さらに仕事まで決まってしまった。

私はなんて幸運なのだろうか、と泣きそうになってしまった。

その夜、眠ろうと目を閉じかけたとき、戻ってきた「みなさま」が話しかけてきた。

私にしか見えない、ふわふわと光る粒のような姿の彼らは、私のことを助けてくれる、頼りがいのある神様たちだ。

〈マーガレッタ、マーガレッタ。アーサーにしよう、アレはいい男だ。アーサーはきっとマーガレッタを守りきるぞ〉

この方は王太子ノエル様にお貸ししていた、全能の神様。

「アーサー様はこの国の王子様ですよ。侯爵令嬢であった頃ならいざ知らず、今の私は平民ですから、無理なことを言わないでくださいませ。それに、結婚とか婚約とかはしばらく遠慮したいです」

〈そうですわ、あなたって女の子の気持ちが分からないのね！　ああ、私の愛し子マーガレッタ。今世は幸せに過ごす運命のはずなのに、本当にお人好しで優しい子なんだから……もう自分の幸せを人に分け与えちゃダメよ？〉

「はい、そうします……私が幸せにならないと、『みなさま』が困りますものね」

この方はロゼラインお姉様にお貸ししていた、慈愛と美の力を司《つかさど》る神様——フェリーチェ様。

そして私を一番に愛してくれる方。

〈私たちが困るとかそういうのはどうでもいいんだ、マーガレッタ。前世で……いや、その前もお前は我々に協力してたくさんの傷を負った。それに私たちは報いたい。そう思って今世の君を守護しているんだ。君の幸せ、君はそれを一番に考えてくれ〉

「はい、ありがとうございます」

この方はオリヴァーお兄様にお貸ししていた、まるで私を妹のように守ってくださる戦いの神様。

〈まあマーガレッタの好きにしていいと思う。けど、あのアーサーって子は私もいいと思うよ。明るくて愉快で裏表がない。ノエルの一千倍は好きだね！〉

「まあ、薬神様《やくじんさま》まで！」

この方はずっと私の傍にいてくださった方。

薬を作るための力と知恵を授けてくださるので、私はいろいろな薬の知識を知り、たくさん作ることができるのだ。

〈あの爺ちゃん、できた爺ちゃんだよなあ〜。俺、あの爺ちゃん気に入った！　ちょっと幸運授けちゃお〉

「私も好きになっちゃいました。素敵なお爺ちゃんですよね」

この方はランドレイ侯爵家全体を守るためにお貸ししていた、幸運と金運を司《つかさど》る神様。

〈マーガレッタ、この国は以前の国よりかなり疲弊してるわ。強く癒す必要があるわね……。マーガレッタが住んでいる間は、面倒を見てあげましょうかね〉

「ありがとうございます。よろしくお願いします」

この方はリアム王国を守るために王家にお貸ししていた、外敵から守り、大地を癒す力を持つ方。

私の周りには六つの光が、ひらひらと舞っている。

どうやら皆さん、この国とこの国に住む人たちを気に入ってくれたようで、ひらひらと舞う『みなさま』からは心地よく温かい力の気配を感じる。

この方々が太鼓判を押してくれたのなら、きっと私はここで暮らしていける。

私はほっとして目を閉じ、ロジーさんが綺麗に整えてくれたいい香りがするベッドで、眠りについた。


次の日から、私はグラナッツさんのお屋敷で初級ポーション作りを始めることになった。

というわけで、私たちはいま、グラナッツさんのお屋敷にあるお庭にいた。

「さて、必要なものがあるなら、何でも言ってほしいんじゃ！」

「ではお願いがあるんですけれども、このお屋敷のお庭の隅で構わないので、いくつか薬草を植えてもいいでしょうか？」

「隅なんて言わずに庭全面を薬草畑にしよう！」

「大旦那様、庭師のテンスが職を失ってしまいます。表の庭はそのままで、裏を薬草園にしてはいかがでしょう？」

「おお、そうしよう！」

執事のウェルスさんが冷静に進言してくれて非常に助かった。

遠くから帽子を握り締めて、こちらを見ている庭師の方がいる。きっとあの人がテンスさんで、無茶な要求が通らない事を祈っているんだ。

「この素敵なお庭をなくすのは、私も寂しいです」

この庭はいるだけで心地が良い。

花のいい香りがする庭は、四季の花々が美しく咲き乱れ、特にバラに囲まれた一角はとても見ごたえがあって素晴らしい。この庭を潰すなんてもったいない。

「……少しだけ、バラの花びらをいただけたら香料も作れますので」

「全部毟《むし》っていいのだぞ！」

「ですから大旦那様、テンスが泣きますから、おやめください」

ウェルスさんが呆れ顔でもう一度止めてくれた。ふふ、本当にグラナッツさんはいつも私を笑わせようとしてくれる。

私は遠くにいたテンスさんを呼んで、いくつか薬草の仕入れをお願いした。どれも一般的なものなので手に入れるのは難しくないと思う。

テンスさんは「わかりました」と言ったのち、ぺこりと頭を下げた。

「私の庭を守ってくださってありがとうございます、お嬢様。バラはいくらでもお持ちしますので、必要な際はおっしゃってください」

「ありがとうございます！　香料は花びらから作るので、終わりかけの花で大丈夫です」

「お任せください。薬草のほうも伝手《つて》がありますので、明日には何とかできます」

「そんなに急がなくても大丈夫ですよ。薬草畑のお世話は、私もお手伝いさせてくださいね」

テンスさんはやけに張り切っていて、お庭のお世話をすぐに終わらせて、さっさと薬草畑に取り掛かってくれた。

これなら私一人で薬草を育てなくてもいいので、いろいろな種類の薬草を育てられるかもしれない。

乾燥した薬草もいいけれど、やはり摘《つ》み立ての薬草は香りがよいので、乾燥させたものよりも用途がいろいろとある。

「こっちには赤い薬草を植えて、こっちには青にしよう。きっと彩りもよくなるぞ」

きっとテンスさんは庭仕事が大好きなんだろう。土をいじり耕している彼の目はキラキラ輝いている。好きな仕事ができるって楽しいことだ。

私も早くポーションが作りたくなってきた！

「マーガレッタ嬢、こっちじゃ」

「あ、はい！」

いつの間にか別のところにいたグラナッツさんに呼ばれて庭の端にある離れに向かう。

昨日の今日の話だったのに、離れは綺麗に掃除されていて、中に入ると製薬に必要な道具が全て新品で揃っていた。

「え……これ、最新式じゃないですか！」

興奮のあまり、私は道具に走り寄る。

すごい、全部傷がなくてぴかぴかに光っている！

思わずそばにあった薬匙《やくさじ》を手に取ると、窓越しに入る陽の光を反射してキラッと輝いた。

こんな素敵な道具で薬を作れるなんて、とっても嬉しい！

首を巡らすと、薬草を煮込むための大きな鍋や、竈《かまど》などもあって、一日でこんなに完璧な設備を用意してくれたなんて信じられない！

「商人に相談したらコレを持ってきたんじゃ。どうだろう、使えるかの？」

「何の問題もありません！　……少し試してみてもいいでしょうか？」

「もちろんだとも。全部マーガレッタ嬢のものじゃよ」

こんなに素敵な道具を全部自由に使っていいだなんて、夢みたい!!

ランドレイ侯爵邸にいたころは、最新器具なんて一つも買ってもらえなかった。

たしかに製薬の器具は特殊な作りだから値段が張るのだけれど、器具がなくて、作れないものがたくさんあったのが悔しかった。

目を瞑ると、道具を欲しがる私を叱るお父様の声が聞こえてくる気がする。

『ポーションが作れているんだから、新しいものを買う理由などない。わがままを言っていないで、さっさとポーションを作るんだ！』

『……わかり……ました』

新しい器具を何度お願いしても、お父様の返事はいつも一緒。いつしか私も諦めたけれど、これだけあれば本当にいろいろなものが作れそうだ。

「液体の薬だけじゃなくて、クリームや飴の薬も作れそうです！　本当に楽しみ！」

構想はあったのに、道具がなくて作れなかったもの……それが作れるなんて！

私は荷物の中から取ってきた研究ノートを急いで開き、最初に何を作ろうかと考え始める。

「……マーガレッタ嬢は本当に製薬が好きなんじゃな」

「ええ、大好きです！　あっごめんなさい！　私、夢中になってて……」

グラナッツさんやウェルスさん、ロジーさんがいることを忘れていた！

振り返ると皆さんニコニコとしている。

は、恥ずかしいっ……！　製薬のことになると周りが見えなくなる癖が出てしまった……！

いまさら頬を隠しても遅いのは分かっているけれど、熱くなった頬を一応隠してみる……ううっさらに笑われている！

「マーガレッタ嬢は嫌々ポーション作りをしているのではなかった、それがよく分かっただけで嬉しいんじゃ。よければこの老いぼれにも、ポーション作りの楽しさが分かるように教えてくれるかのぅ」

「あっ……それはもちろんです！」

「では我々は、お二人が時間を忘れてここに篭《こも》るのを阻止しなくてはなりませんね」

「ええ、マーガレッタ様は食事も睡眠もせず薬作りをしそうですから、このロジーが厳しく監視させていただきますからね？」

「え!?　そ、そんなこと……し、しま、しません……よ？」

心当たりがありすぎて、私は上手に返事をすることができなかった。夢中になると全てを後回しにしてしまうことが早速バレたようだ。

「ほっほ、こりゃ図星じゃのう。二人ともよろしく頼むぞ！」

……ううっ、私だってきちんとできますから！

そんなこんなで、私のポーション作りの授業が始まった。

生徒はグラナッツさん。そしてもう一人、お屋敷でメイドとして働いているカメリアさんが、ポーション作りを教わりたいと授業に参加することになった。

ポーションを作るための器具が三組用意してあって、一体合計でいくらになったのか考えたくなかったけれど、せっかくポーションの作り方を教えるんだから、投資額に見合ったものにしますよ！

「では基本からやっていきましょう」

「よろしく頼むよ」

「はい！」

カメリアさんは私より二つ年上の十八歳。

茶色い髪に茶色い目のハキハキした女性で、何事もはっきり口に出すタイプだ。

「カメリアさんは、薬作りに興味があったんですか？」

「薬作り、というよりも、いろいろ作るのが好きなんです。まぁ、いつも厨房で試してはロジーさんとかウェルスさんに怒られてるんですけど」

カメリアさんは、えへへ、と頭をかく。しかしすぐに、きっと目をつり上げた。

「ポーション作りを教わりたかったのは事実ですが、それよりも、お年を召したお爺ちゃんでも、小屋に未婚の女性と二人っきりなんてダメですっ！　ロジーさんが許してもこのカメリアが許しません！」

「まあ！」

そんな気配りまでしてくれたみたいだった。そういう心配は全くしていなかったが、そこまで考えてくれた心遣いは嬉しい。

私がカメリアさんにお礼を言うと、えへへ、と彼女は微笑んだ。

「色は奇妙じゃが、カメリアの創作料理は中々美味いぞ」

カメリアさんが紫色のシチューのようなものを出したときは、ものすごく怒られたそうだ。紫のシチューかぁ……ちょっと興味ある。私も食べてみたい、美味しいのかな？

「でも初級ポーションはまず基本に沿って作りましょうね」

「もちろんですとも！」

「頑張るぞい！」

二人の返事を合図に、ポーション作りの授業が始まった。

器具を丁寧に取り扱う、薬草の選別を丁寧に行《おこな》う、など、二人は私の授業を真面目に聞いてくれて、一つも聞き逃すまいとしてくれた。

教える私も、ついつい熱が入ってしまう。

「力任せにやらないで、ゆっくり薬草から薬効成分を押し出す感じでやってみましょう」

今私たちがやっているのは、選別した薬草をすり鉢ですり潰す作業。

力ずくですり潰すだけでもポーションは作れるが、そうすると雑味が入ってしまい、ポーションとしての質が落ちてしまう。

意外と大事な作業なのだ！

「ふむふむ……こうかの？」

「もう少し強くすり潰しましょうか！」

「こうですか？」

「カメリアさんはもう少し、優しく動かすのを意識してくださいね」

「う～！　優しくするとなかなかすり潰せません……難しい！」

グラナッツさんもカメリアさんも、初めてのポーション作りに四苦八苦しているようだ。

それでも便利な最新の器具に助けられ、二人とも無事に初級ポーションを作ることができた。最新の器具もそうだが、私をいつも助けてくれる薬神様が二人に祝福を分けてくれたのも大きい所だろう。

「で、できたのか……？」

「できました！　……でもマーガレッタさんのポーションみたいに綺麗な透き通った赤い色にはなりませんでしたね……なんだか、どんよりしてますね？」

「わしのもじゃ……なんか濁っておるのう。これが腕の差かのう……」

二人が初めて作ったポーションはたしかに少し濁った色をしているが、この色を見ると私はとても懐かしくなる。

ポーションを作り始めた頃の私も、こんな色のものをよく作っていた。

これは効き目も味も少し劣るけれど、大抵の傷は問題なく治る。このくらいの濁りはよくあるものらしい。

私が作るポーションのように濁りが少しもなく透き通っているもののほうが珍しいのだと、二人に教えてもらった。

「これぱかりはたくさん作って、作業に慣れる必要があるので……ごめんなさい」

「いや、これはマーガレッタ嬢が謝ることではない！　最初からポーションを作れただけで素晴らしいことなのに」

「そうですよね、大旦那様！　私たちもたくさん作ればきっとマーガレッタお嬢様みたいに綺麗なポーションを作れるようになりますよね！」

無事に二人のポーション作りが成功を収めたところで、私たちは離れから出て、テンスさんが整えておいてくれた裏庭の薬草畑に向かった。

テンスさんは帽子を脱いで、胸の前で握り締めている。

「ご指示いただいた薬草を集めましたが、お嬢様のお気に召すか……いかがでしょう？」

「まあ、なんて立派な薬草畑！」

たった一日で、庭の一角が薬草畑に大変貌を遂げていた。

安価な初級ポーションの作成に使う薬草から、中級、上級で使う薬草まで、様々な薬草の苗が植えられていて、盛り沢山だ。

こんなにたくさん用意してもらえるなんて思わなかった！

これはポーション作りの授業が捗《はかど》ります！

ふと目を移し、そこに植えられていた薬草に気づいて思わず目を剥《む》いてしまった。

「霊薬花《れいやくばな》の苗まであるんですか⁉」

霊薬花というのは特級ポーションの作成に使う、ものすごく高価な花。そんなものまで植えられているなんて。

こんな貴重なもの、一体どこから⁉

「それは先ほど屋敷にいらっしゃったカール様が、たまたま見つけたと言って植えていったものですね。さすが冒険者ですね」

「わあ……すごい！　これを育てることができたら、作れる薬の種類が格段に増えるんです！とっても楽しみ！」

最新の製薬器具にもドキドキしたが、高価な薬草の苗たちを見て、私はさらにドキドキしてしまった。

今まで作りたくても諦めていたものが作れるなんて！

しかもこの薬草たちはとてもよく手入れされているから、高品質なものが作れるに違いない！

テンスさんは花や植木だけではなく、薬草も丹精込めて世話をしてくれてありがたい。

こうなったら、皆さんの優しさに応えるべく、いろいろな種類の薬を発明して作らなければ！

私は胸の高鳴りを感じた。

こんなに恵まれた環境で、自由に薬を作れるなんて！

たった数日前にノエル様に婚約破棄されたことなんてすっかり忘れちゃうくらい、私はワクワクしていた。

◆◇◆

「ま、魔獣の被害などここ十年なかったではないか！」

「十年前はありました！　お忘れか！」

平和ボケした貴族の訴えと、十年ぶりの緊急出動要請を聞き、リアム王国の騎士団に所属する我々は、苦虫を噛み潰したような顔をしていた。

――ああ、やはり契約は解除されたのだ。

十年前、私はまだ騎士団の副団長だったが、ランドレイ侯爵家の令嬢を犠牲にし、秘密裏に結ばれた『契約』はとんでもないものだった。

『マーガレッタ、やるんだ』

『でも、おとうさま。『みなさま』がはんたいだとおっしゃって……』

そこは玉座の間の真下にあり、城の要石がある部屋。代々の王と、彼らを警護する騎士団の団長と副団長しか知らない、リアム王国における最重要機密がある。

しかし今、部屋の扉の前にはランドレイ侯爵と、この場の雰囲気に全く似つかわしくない、可憐な少女がいた。

『マーガレッタ！　お前はノエル様とみんなが暮らすこの国が、敵に晒《さら》されていいのか。何という罰当たりな娘なんだ、それでも私の子か！』

『ちが、ちがいます、おとうさま！　け、けいやくいたします。このくにをまもるために』

『それでいい。さすが私の娘だよ、マーガレッタ』

そうして、王とランドレイ侯爵は部屋に入り儀式を行《おこな》った。

騎士団長と私も部屋の中に入ったが、その儀式がいかにひどいものなのかを知ってしまい、思わず二人で目を背けてしまった。

少女は青い顔でぶるぶる震え、ランドレイ侯爵の言ったとおりに、傍から聞いていても不当と思ってしまうような契約を結ぶ。

ランドレイ侯爵の、城の要石に少女が持っていた強大な力を宿らせ、国全体を守護させるのだ、これで我が国は安泰である、と声高に宣言する声が耳に飛び込む。

『たった六歳の少女を脅すようにして、彼女の力を取り上げるとは……』

目の前で行《おこな》われた卑劣な行為に、思わず呟いてしまったのを覚えている。

そもそも少女が持つ力とは一体何なのか……と首を傾《かし》げたものだが、なんと契約を結んだ日から、魔獣の襲来が目に見えて減っていった。

『まさか』

それから少しして上がってきた報告を読んで、私と団長は顔を見合わせた。ただの偶然に決まっている、とその時は一笑に付したが、時を経るにつれ騎士団の出動回数はどんどん減っていった。

それどころか、民衆間の小競り合いや喧嘩の類《たぐい》も減り続けた。

半年が過ぎ、毎年起こる川の氾濫《はんらん》も、今年は起こらなかった。

氾濫《はんらん》の主原因だった長雨もなく、適切な量の雨と十分な陽の光で、作物は大いに育つ。大きな虫害もなく、今年の収穫は期待できそうだった。

半年もすると、魔獣の被害はほとんどなくなり、騎士団の出動は稀に起こる国境付近でのいざこざくらいになっていった。

報告を受けて、私と団長は真剣に話し合った。

『平和だ』

『まさか。これがあの子の力なのでしょうか？』

『だとすれば恐ろしい話だ。たった一人の小さな女の子に頼っている平和など、崩れる時は一瞬だぞ。備えを忘れるな』

『はっ。肝に銘じます』

私と団長は誓いを立て、不必要になった、と口々に言われながらも、騎士団を厳しく律し続けた。

やがて団長は去り、跡を継いだ私が団長となり……

――そして、あの契約の日からちょうど十年が経った。

「団長、次々と魔獣の被害報告が上がっています！」

次々と入る報告に嫌な予感は確信に変わった。

「魔獣には、聖女による結界があるはずだろう。それなのに被害が甚大ではないか!?」

「そ、それが、神殿の報告では、国土を覆う結界が跡形もなく消えたと！」

「消えた!? どういうことだ!!」

急激に増えた魔獣の被害報告と、聖女の結界の消失。あってほしくない関連性に私は気づいてしまった。

先日この国から少女が追放された。

彼女の名前はマーガレッタ・ランドレイ。

十年前、ランドレイ侯爵に連れられて、あの部屋にやってきた女の子の名前と同じだった。

彼女が追放される場面を、私たちも見ていた。しかし、王太子であるノエル様の命令なので、彼女を助けることは叶わなかった。

――彼女が国から出たということは、あの契約は……

私たちはとてつもない間違いを犯したのではないだろうか？

あの時、私たちは額を地に擦《す》り付けてもマーガレッタ・ランドレイにこの国に残るように頼むべきではなかったのかと。

◆◇◆

とぼとぼ、そんな言葉が似合う足取りで食事の間に向かうノエル様に、私は少し離れてついて行き、様子を見守ることにした。

すれ違うメイドたちが、覇気《はき》を失ったノエル様をぎょっとして見つめた。

食事の間には無事にたどり着き、国王陛下や王妃殿下に当たり障りのない挨拶をしたノエル様はガタガタと音を立てて席に着いた。

彼の丸まった猫背はあまりにみすぼらしく朝の雰囲気が台無しだった。

本当にいったい、今日はどうしたというのだろう、私は何を見ているのだ？

「……ノ、ノエル？　昨日はよく眠れなかったのかしら？」

王妃殿下が動揺を隠さずノエル様に話しかける。ノエル様はどんよりとした目で王妃殿下を見て、力なく口元を笑みの形に変えた。

「ええ、体の疲れが取れなくて……昨日いろいろなことがあったからでしょうか……」

いつもなら張りがある明朗な声を発するのに、今日はぼそぼそと聞き苦しい。本当にこの方はあのノエル様なのか、と私は何度も目をこすった。

「昨日……ま、まさか」

王妃殿下には心当たりがあるのだろうか、途端に口ごもる。

昨日と言えば、ノエル様は自身の婚約者であったマーガレッタ嬢との婚約を破棄し、さらに国外へ追放した。

しかし、そのように手酷く扱ったマーガレッタ嬢を騎士団に追わせたという話も耳にしている。

見つかったという報告は届いていないが、それと関係があるのだろうか？

「まさか、でも、昨日の今日で……だって、十年以上……」

国王夫妻は絶望の表情を浮かべる。ノエル様は不思議そうに首を傾《かし》げて国王夫妻を見つめる。

暗い雰囲気ながらも、メイドが料理を持ってきたことで朝食が始まった。

食卓に焼きたてのパンに、温かいスープ。ソーセージやベーコンを焼いたものや新鮮なサラダと果物が並ぶ。

全て調理したて、採れたての新鮮な食材だ。

ピカピカに磨かれたカトラリーも並べられる。

特別目を引く献立ではないが、素材はどれも一流のものであり、王族が食べるのにふさわしい朝食だ。

しかし食事が始まった直後、そんな朝食にふさわしくない聞き苦しい音が響いた。

……ズ、ズズ……

耳を塞ぎたくなるような音を立てているのは、一体誰だ！　幼児でもこんな酷い音は出さないぞ。

皆は思わず眉を顰め、すぐに音の方向を盗み見て、ぎょっとした。

行儀悪くスープを啜《すす》っているのは、ノエル様!?

「ノ、ノエル……」

私たちは今朝から一体何を見せられているんだ？　もう、混乱しつくして倒れそうだ。

「へ？」

マナーの教科書と言わんばかりの美しい所作で食べる方だったのに、王妃殿下に声をかけられてもなお、ノエル様はご自身がいかに行儀の悪いことをしているのか気づいていない。

「やはり……そうなのね……ノエルは確かに私たちの息子だわ」

王妃殿下は今にも泣き出しそうなほどクシャリと顔を歪めて、たしかにそう呟いた。

何のことだろうと、王妃殿下の視線を追って気づいてしまった。

背を丸めながら音を立てスープを啜《すす》るノエル様は、王妃殿下の向かい側でスープを啜《すす》る彼女の夫——国王陛下と瓜二つだったからだ。

「ああ、マーガレッタ……ごめんなさい。あなたの献身だったのね」

なぜ婚約を破棄したマーガレッタ嬢に謝罪するのだろうか？

茶色の髪の地味な令嬢だった彼女は、使用人にも優しく声をかけていたからメイドたちには人気があったが、王妃となるにはいささか力不足であった。

国で一番高貴な女性となるにはあまりにも華がなさすぎる。

追放されるほどの悪事は働いていないので、国外追放はやりすぎかとは思うが、美しい聖女であるロゼライン嬢のほうが完璧なノエル様の婚約者にふさわしいと私は常々思っていた。

だからあんな前代未聞の婚約者交代劇を私は黙って静観した。強く美しい我が国の王太子には、見目麗しい聖女が良く似合うと確信していたから。

しかしそのマーガレッタ嬢の献身とやらがなくなったからといって、たった一日でノエル様がこんなにも変わってしまうなんて、一体マーガレッタ嬢はノエル様に何をしていたのだろうか……

嘆きのあまり、食器を置いた王妃殿下。そのとき王妃殿下の内心を慮《おもんぱか》ることなく、乱暴に扉が開いた。

「国王陛下！」

「無礼な。食事中ですよ！」

「それどころではございませんっ」

不穏な雰囲気を壊したのは、荒い呼吸をする騎士だ。

一体何が起こったのか？　胸の中で不安が頭をもたげる。

「国土を覆う聖女の結界が消失！　魔獣たちの動きが活発になり、いたる所で魔獣が暴走しております！　被害が甚大です！」

「結界が消えた？　どういう事だ⁉」

私が声を張り上げると同時に、ざわりと部屋全体が揺れた。そんな大事件、澄ました顔で聞き流せるはずがない。

「聖女ロゼラインの力が突然消失し、それと同時に国全体を覆っていた結界が消えたようです。それにより魔獣が近隣の町や村を襲い始めて、騎士団だけでは手に負えないと報告が上がっております」

「なんということだ……」

「そこで王太子殿下に、魔獣退治にご助力いただければと思います」

「……へ？」

ノエル様は啜《すす》っていたスープを一滴、行儀悪く口からこぼした。

今日のノエル様は本当に何かがおかしいが、そんなノエル様に加勢してほしいとの騎士団の要請だった。

「へ？　わ、私……ですか」

ノエル様は驚いて騎士を見た。

「え？　え、はい……そ、そうです」

報告に来た騎士も、ノエル様と視線を合わせると、ぎょっとした。

昨日までのノエル様ならば、火急の用と飛び込んできた騎士の話を聞き逃すことなど絶対にしなかった。

最後まできちんと聞き、自分に何ができるか考え、すぐさま実行することができる方であったはずだ。

おそらく騎士は、ノエル様に報告をすれば、こういう返事が来ると思っていたのだろう。

『分かりました。実戦の経験が少ないのでどこまでやれるか分かりませんが、ぜひ参加させてください』

それなのに予想は裏切られ、間抜けにも口を半開きにして、おろおろと周囲を見まわすノエル様がいた、というわけだ。

「え……と？」

そんなノエル様の姿に、不安が掻き立てられる。

しかし騎士は魔獣の被害が拡大するのを防がなければいけない、と使命感を重要視した。

「結界がなくなり、魔獣が街を襲っています。魔獣の撃退にお力添えをいただきたい！　学園で一、二を争う剣の使い手であるノエル様が来てくだされば、大変心強く――」

「わ、私が魔獣退治⁉　む、無理です！」

ノエル様は騎士の言葉を遮り、勢いよく首を横に振る。それを見て、騎士はさらに混乱したようだ。

しかし緊急事態であるため、ノエル様の意見は聞き入れられず、強引にノエル様の出陣が決まった。

「ランドレイ侯爵子息のオリヴァー様にもお力添えをいただく予定です。お二人ならば問題ないと、学園長と剣の講師、戦闘訓練教官のお墨付きを頂いております。なるべく早めにお仕度を終えてください！」

「えっ……嫌だ、困る……魔獣なんか怖くて、戦える、訳が……お、おい」

ノエル様は返事を聞かずに背を向ける騎士の後ろ姿にぶつぶつと呟いていたが、騎士の耳には入らなかったようだ。騎士は食堂から出ていってしまった。

そんなノエル様を、王妃殿下が無理やりなだめすかす。

「ノ、ノエル。学園の教師たちからノエルの剣技なら魔獣を相手にしても大丈夫と言われているのでしょう？　戦闘実習でも最高成績を出して、魔獣を斬り伏せたと聞いています。その時と同じではないのですか？」

「え？　いや、そうなのですが……あの時は、怖いと感じませんでしたが……今は、嫌で……」

語尾がどんどん聞こえなくなり、「あの時は」以降はほとんど環境音に近かった。そんなノエル様を元気づけるかのように、国王陛下は声をかけた。

「ノエル。王太子のお前が戦場に出れば騎士たちの士気も上がるだろう。そういうつもりで騎士はお前を呼んだのではないか？　ランドレイ侯爵子息のオリヴァーも素晴らしい剣の使い手と言っていたし、彼と共に行くのならば、さほど危ないことはないのではないか？」

オリヴァー様の名前を聞き、ノエル様はぱっと顔を上げた。

「そ、そうだ。オリヴァーは強い。私より何倍も強い。私より強いのに、臣下の身ですと言って私に一番を譲るような男だ。父上、オリヴァーが行くのなら私も行きます！」

「う……うむ、頼んだぞ」

不安しかなかったが、国王陛下はノエル様に出陣するように告げた。

誰もがノエル様の不調は一時的なものだろう、少しすればいつもの完璧だと謳われる王太子に戻るだろうと、信じていた。

もちろん私も、そう確信していた。

◆◇◆

ランドレイ家の混乱は続いておりました。

いくら執事長とはいえ、使用人である私はことの成り行きを見守ることしかできません。

「なんで⁉　なんでこんなことになるの⁉」

「……幸運の神が去られた……のではないかと」

「幸運の神⁉　何よそれ」

「ああ……やはりマーガレッタを、マーガレッタを手放すべきではなかったんだ……」

奥様は金切り声を上げますが、旦那様はそれに応えることはなく、頭を抱えて小さく呟くのみ。

領地から早馬で工場の火災を報せた男は、涙ながらに旦那様へ訴えました。

「早く、早く指示をください！　旦那様、オリヴァー様！」

一刻も早く対応しなければ、被害は広がり侯爵領の損害はどんどん大きくなっていきます。その場にいる全員が、旦那様の決断を待っておりました。

「ど、どうすればいいか……なぜ分からない？　意味が分からない！　なぜ何も浮かばないんだ⁉」

オリヴァー様は腕を組んだまま、慌てたように「何も浮かばない」と繰り返すばかり。

「オリヴァー！　何か思いついた⁉」

「黙ってと言ったでしょう‼　まとまるものもまとまりませんよ‼」

奥様の甲高い声はオリヴァー様の苛立ちを増幅させたようで、オリヴァー様は声を荒らげ、再び悩み始めました。

その様子に、私は目を閉じるしかありません。

この方々は十年前から変わっていないのだ……。やはりすべてマーガレッタお嬢様のお力だったのだ。ならば、マーガレッタ様がいなくなったランドレイ侯爵家は――

いいえ、それでも私は最善を尽くしたい。いつも私を心配してくださったマーガレッタお嬢様の為にも。

奥様と使者の男の期待に満ちた目が、オリヴァー様に注ぎます。しかしオリヴァー様は苛立ち、怒っていました。

さらには、こういう時に陣頭で指揮をとる必要があるのに、背中を丸めてブツブツ呟いているだけの旦那様を睨んでいらっしゃる。

「お前たちも何か考えを――!」

自分だけが悩むのはおかしい、そう叫んだオリヴァー様の言葉を、食堂に何者かが駆け込む音がかき消しました。見ると、王宮からの遣いのようです。

「ランドレイ侯爵子息オリヴァー様! 王太子ノエル様と共に、魔獣被害を受けている近郊の街の救援に向かわれたし! これは王命であります!」

「なんと……分かりました!」

――王命。貴族は、その絶対的な命令を蔑《ないがし》ろにできません。

そしてオリヴァー様はこの場にいる自分以外の皆が、自分に全て押し付けようとしていることに立腹し、ご自身も解決案が浮かばないことに苛立っておりました。

そしてオリヴァー様が選んだ結論、それが、この場から逃げること、でした。

オリヴァー様も剣がお強いですし、ノエル様と共に行くのであれば危険などないと考えたのでしょう。

ノエル様も王太子にしておくにはもったいない程流麗な剣の使い手と噂されておりますし、学園の実地訓練では魔獣を華麗に仕留め、返り血さえ浴びなかったと、オリヴァー様から伺ったことがあります。

「聞いての通り、私は殿下と共に行く。我が領地も大切だが、王命に応えねばならない！」

「オ、オリヴァー？　私たちはどうしたらいいの⁉」

「父上がいらっしゃるじゃないですかっ！　解決策は父上が考えてくださいますよ。では行ってまいります！」

今のオリヴァー様はすべてにおいて危なげで、救援になど行かせていいのか首を傾《かし》げてしまいます。

しかし一刻を争うと言い、オリヴァー様は迎えの馬車に乗り込みます。私たち使用人もオリヴァー様を見送るべく、玄関へ向かいました。

馬車はこれから一度王城へ戻り、準備を済ませたノエル様を乗せ苦戦をしている騎士団を加勢しに向かうのだそうです。同行する騎士たちもいるならば少しは安心できます。

「王城でノエル様をお乗せした後、現場へ向かう前に神殿に寄ります。そこで神官の助力を仰ぎましょう。オリヴァー様とノエル様がいらっしゃれば、魔獣の暴走もなんとかなりますね」

「え……ああ、最善を尽くさせてもらうよ……」

オリヴァー様は俯いていますが、ご自身が決めたことに使用人である私たちが口を挟むことはできません。

心にもやを抱えたまま、馬車を見送ることしかできませんでした。

◆◇◆

祈りの間の中央にいるロゼライン お嬢様がたくさんの神官たちに詰め寄られるのを、私は祈りの間の隅で見ているしかありませんでした。

「嘘よ……嘘！　わ、私の力が消えたなんて、嘘に決まっているわ！」

「いいえ、嘘ではありません……ロゼライン様には神聖力は微塵《みじん》も感じません。昨日までのあふれるようなお力はどうなさったのですか……!?」

女性神官は困惑の表情を浮かべたまま、さらに一歩詰め寄ります。そのたびにお嬢様は一歩後退《あとずさ》りました。

「そ、そんな馬鹿なことがあるわけ――」

「つい昨日まで女神フェリーチェの愛し子と呼ばれるほど、美しく澄んで慈愛に満ちた神聖力をお持ちでしたのに。一体、何があったのですか……今は、もう見習い神官以下の神聖力すらありません」

「お、お黙りなさいっ！　わ、私は力を失ってなんかない……そ、そう、たまたまよ、体調が悪くて……ね、ねぇエドワード！」

ロゼラインお嬢様と女性神官のやり取りは、もちろん私だけでなく、神官たちの耳にも入ります。

神官たちは次々に顔をしかめました。

「体調が悪いから神聖力がなくなる？　そんなことがある訳ないだろうよ」

神官の誰かが呟きます。大きな声ではありませんでしたが、それは意外に響きわたりました。

「お黙りッ!!」

ロゼラインお嬢様は強い口調で周囲を叱責《しっせき》します。

いつものお嬢様の癇癪《かんしゃく》なので、普段であれば神官たちのほうが口を噤《つぐ》むのですが、今日は不満の言葉が止まりません。

「……聖女でもない癖に……」

誰が発したか分からない、小さな呟き。

「そうだ。聖女でもない癖に、偉そうに」

最初の呟きとは違う方向から、また小さく聞こえます。

「偉そうに……前教皇のお気に入りだったからって……」

「今までは神聖力があったから……」

また別の方向から声がして、小さな言葉が集まって流れを作り、ざわ、ざわ、ざわ、と、もう止まりませんでした。

「聖女だからって何をしてもいいとでも思ってるのかしら」

「高位の貴族にばかりすり寄って……」

「国民をなんだと思っているんだ」

「大体あんな性格の女が聖女なんて、それがおかしかったんだ！」

「そうだ。見た目ばかり気にして本職を疎《おろそ》かにする聖女がどこにいる？」

私は目の前の神官たちの変貌に恐怖を感じて、立っているのがやっとでした。

「う、うるさいっ！　うるさいうるさいっ!!　私は聖女なのよ!!　女神様の祝福を受けこの世に生まれた、類《たぐい》まれなる力を持った聖女なのよ!!」

ロゼラインお嬢様の金切り声で、悪意の囁きは一瞬水を打ったように静まります。いつもならここで「聖女の機嫌を損ねるわけにはいかないから」とお嬢様は庇ってもらえます。

しかし今日は、ロゼラインお嬢様に不当な扱いを受けた者たちは、怒りを抑えませんでした。

「聖女じゃない……もう、聖女じゃないじゃないか」

誰かがぼそっと呟いた言葉で、騒《ざわ》めきが再び祈りの間に広がります。

ロゼラインお嬢様の眉が吊り上がり再び癇癪《かんしゃく》を爆発させようとしたとき、祈りの間の扉が勢いよく開きました。

「聖女ロゼラインはいるか！」

中央大神殿で一番の実力を持つ、神官長。

神官長はロゼラインお嬢様の姿を見つけると、足早にお嬢様に近づきました。

「急ぎ国の結界を構築し直したまえ。昨夜からどんどん弱まり、既に消えかかっている！　このままでは敵意を持つものが国に入ってきて——皆の者、何をしておる？」

「し、神官長！　お助けください、こいつらが私を貶《おとし》めるのです！」

ロゼラインお嬢様は神官長に飛びつきました。

ロゼラインお嬢様は誰もが認める美少女。異性であれば、十七歳の楚々《そそ》とした姿は誰でも好ましく思う——のだろうが、今回ばかりは相手が悪いようです。

「離れたまえ、聖女ロゼライン。そんなことより、結界を構築し直すのだ、急いで！」

神官長は清廉潔白な人物として有名な方でした。

真摯に神に仕え、民を愛し平和を愛する敬虔《けいけん》な信徒であり、ロゼラインお嬢様を欲に塗《まみ》れた目で見ることのない方なのです。

ゆえに、神官長は飛びつこうとしたロゼラインお嬢様を、ひらりと避けました。

「こいつらが……こいつらが、私を!!」

「聖女ロゼライン。こいつらとは神官のことか？　君と同じく神に仕える神官のことをこいつらと呼ぶのは止めたまえ。前々から思っていたが君は……いや、今そのことはどうでもいい。早く結界を！」

「どうでもよくなんてないわっ!!　こいつらは私を侮辱したのよ!!」

目をつり上げたロゼラインお嬢様が間近で叫んでも、神官長は表情を全く変えません。さすが神官長です。

そしてお嬢様の隣に立っていた女性神官が、神官長に事実を伝えました。

「神官長……彼女は聖女の資格を失ったようです。見習い神官以下の神聖力も感じられません」

「そんな馬鹿な……」

神官長は慌ててロゼラインお嬢様に視線を向けます。

しばらくそのまま見つめていましたが、やがて目を大きく開けました。

「……ほ、本当だ、神聖力をほとんど感じないぞ。これは一体どうしたことか」

神官長は、信じられないものを見るような目で、ロゼラインお嬢様を見つめています。

「で、では結界はどうなるのだ。我々にはあれほど大規模な結界など構築できぬぞ……」

神官たちはハッとします。

ロゼラインお嬢様が聖女の力を失ったことで、国全体を覆う結界を永遠に失ったのだと皆が気づいたのでした。

一体私たちの国はどうなるのでしょうか。

「どいてっ！」

神官たちの悪意を孕《はら》んだ言葉に耐えきれなくなったロゼラインお嬢様は、祈りの間を飛び出しました。お付きである私も慌てて後を追います。

……たしかにお嬢様は今までかなり不誠実だったと思いますが、それでも実力は確かだったのです。しかしその力がなくなってしまったら……

小走りでお嬢様の後を追いますが、なんと言葉をかけていいのか分かりません。

ロゼラインお嬢様は最上位の聖女を示す白くて美しい僧服のまま、神殿の外へ駆けだしました。

そこに運がいいことに、一台の馬車が横付けされました。

馬車の扉はちょうど開いており、中に乗っている人物の姿も見ることができました。

「……ロゼライン？」

「ノエル様にお兄様！　ちょうどいいですわ、乗せてくださいまし！」

オリヴァー様とノエル様です。

お二人は裾を翻《ひるがえ》して走ってくるロゼラインお嬢様を見て驚いた顔をなさっていましたが、快く馬車の中へ迎え入れてくれました。

「早く出してっ！」

ロゼラインお嬢様は、こんな糾弾された場所から早く離れたかったのでしょう。お嬢様の迫力に押され、王太子様は馬車を出すように騎士に命令します。

「エドワード、君も乗りなさい」

「あ、ありがとうございます」

オリヴァー様に促され、私も発車直前の馬車に乗り込みました。

……断っておけばよかった、と後悔することになるのですが……

「ああ、ロゼラインが来てくれて心強いよ。これで魔獣退治も幾分か楽になる」

「えっ!?　魔物退治ですか」

行く先も聞かず馬車に飛び乗ったロゼラインお嬢様は、オリヴァー様の言葉に色をなくして聞き返しました。

「ノエル様にもしものことがあったら大変だからね……まぁ、ノエル様ならもしものことなんてないだろうけど」

「大げさだよ、オリヴァー。むしろオリヴァーが一人で片付けてくれるんだろう？　教官を唸《うな》らせたあの腕前をまた見たいな」

「いえいえ、私なんてノエル様の足元にも及びません」

「学園の全員が一目置く殿下とお兄様がいるのだから、私の出番なんてありませんわね」

落ち着いた様子で笑い合う三人を見て、私は明るい気分になりました。

これから血なまぐさい場所に出向くというのに、なんて自然体なんだろう。どんな時でも余裕を持つことが、上に立つべき方の能力なのだろうな、と大いに感心したのです。

きっとロゼラインお嬢様が神聖力を使えなくなったのは本当に一時的なもので、こんなに笑顔なのだから、もう回復しているのだ、と私は安堵しました。

しかし、〝メッキ〟が輝いていたのは、ほんの一瞬でした。

「王太子殿下！　この街道にはもう魔獣が出現しております、お気を付けください！」

「わ、分かった……オリヴァー……」

「も、もちろんですよ、ノエル様。ロゼライン、怪我をしたときは君が頼りだ、頼む」

「は、はい！」

馬車の外から、馬のいななきと、それをなんとかなだめようとする御者《ぎょしゃ》の声が聞こえます。

そして前方にいた騎士たちが怒声を上げ、さらには剣戟《けんげき》の激しい金属音も聞こえ始めました。

私は街での暮らしばかりで戦闘なんて体験したことはありません。あまりに恐ろしく、馬車の中で震えることしかできません。

ですが、馬車には剣の使い手であるオリヴァー様やノエル様、莫大な神聖力を持ち強力な回復魔法を使えるロゼラインお嬢様がいます。

若いながらもこの国きっての実力者揃いなのだから、暴走した魔獣などすぐに退治できるはずだと、なんとか気持ちを立て直しました。

『出たぞ、熊だ！』

『魔獣化しているッ！　手強いぞ！』

『グオオオオオオ！』

すぐそばで始まった戦闘に、馬車にいる面々はビクリと身を竦《すく》ませます。

そして馬車が止まり、すぐさま一人の騎士が馬車の扉を開けました。

彼が言うには、熊の魔獣は馬車を引く馬を狙うことがあるため、馬が暴走してしまうと戦闘に明るいオリヴァー様やノエル様はともかく、ロゼラインお嬢様や私が危険になるそうです。

「お降りください！　馬が暴走する可能性があります。馬車の中は危険です！」

「ひっ！」

騎士は緊迫した形相でそう言いました。

それに対する返事のように、短い悲鳴を上げたのは――ノエル様。

しかも見るからに震えていて、真っ青な顔で今にも倒れそうな様子です。

……なぜ？

これから魔獣を倒そうという方が、なぜそんなに震えているのだろう？

「ノ、ノエル……さま……？」

悲鳴を聞いて、ロゼラインお嬢様はおそるおそる〝学園の教官ですら一目置く剣の使い手の王太子〟を振り返ります。

そこには頼れる気配などまったくない、まるで猫に追い詰められたネズミのように恐れ慄《おのの》く人間が一人いるだけでした。

「……え？」

私は絶句するしかありません。

しかし魔獣は恐ろしいし唸《うな》り声も聞こえて戦闘は始まっておりますから、騎士の言う通り、早く馬車から降りなければ危険です。

「お早くッ!!」

騎士の短い叱咤《しった》が聞こえ、私たちはとりあえず馬車から下りました。

「嘘……怖い……」

周囲で騎士が戦っている熊の魔獣は一体ではなく、騎士たちは三体もの猛獣と懸命に戦っています。

熊の魔獣一体に対し、騎士一人で対処できるのであればいいが、話はそう簡単ではないようで、人間よりもはるかに大きな体躯の熊には、三人がかりで挑まないと倒すことが難しいのだと、騎士は言います。

「ご助力を、殿下!!」

「ひっ⁉」

「ランドレイ侯爵子息も！」

「え……」

ノエル様とオリヴァー様が加勢をしたら、もっと素早く打ち倒せるでしょう。しかし、お二人はその場から動くことすらしませんでした。

いや、動けないのです。

お二人の体はガタガタ震え、足は竦《すく》みっぱなしで、生まれたての小鹿のようでした。

……なんの訓練も受けていない私のほうがまだ動ける気がします。

「回復を、回復魔法をお願いします！　聖女様！」

「あ、あの……」

そんな折、別の騎士がロゼラインお嬢様を呼びます。

騎士が連れてきた傷病者は、魔獣の鋭い爪で引っかかれたのか、腕や足にたくさんの傷があり、血が流れています。

致命傷ではないにしろ、このまま流血し続ければ命に関わるだろう、と私でもわかりました。

しかし、ロゼラインお嬢様も、お二人と同じくその場から動きませんでした。

……なぜ、ロゼラインお嬢様は回復魔法をかけないのでしょうか？

「早く、早くなさってください！」

震えて動けない三人に、騎士の必死の叫びが矢のように飛んできます。私たちを護衛していた騎士も痺れを切らして怒鳴りつけました。

その剣幕に、ついにノエル様はオリヴァー様を盾にして、オリヴァー様の後ろに隠れてしまいました。

「い、いや……む、無理だ……オ、オリヴァー……オリヴァー頼む!!」

「え……待って、待ってください！　殿下、殿下こそお願いします！　殿下ッ殿下ッ!!　ロ、ロゼライン、ここからでも皆に回復魔法をかけてやれ！　お前ならできるだろう!!」

怯えたネズミのように自分の後ろに隠れるノエル様を引き剥がしながら、オリヴァー様はロゼラインお嬢様にそう言いました。

しかし、ロゼラインお嬢様はふるふると首を横に振り、ぽつりと呟きます。

「む、無理、無理よ……だ、だって私、し、神聖魔法がつ、使えなくなった、んだもん」

「は……？　い、今、冗談を言っている時ではないことくらい分かっているだろう……？」

「冗談なんかじゃないわ！　お、お兄様は……あ、アレを倒してきてください」

「わ、私には無理、無理だ。あんな、大きくて……恐ろしい……！」

たしかに私も魔獣は恐ろしいですが、戦わなければ自分が死んでしまうという状況ならば、使えもしない剣や役に立つか分からない鞄くらいは振るなどして行動するでしょう。

しかし、オリヴァー様もノエル様も腰に立派な剣を下げているのに、動くことすらしません。

ロゼラインお嬢様も聖女の力を失い回復魔法が使うことができません。

私たちは本当に、ただの足手まといだったのです。

「お、おかしい……なぜこんなに怖いんだ……。学生の頃、いや、昨日までこんなことはなかったのに」

私のすぐ後ろでノエル様の呟きが聞こえます。

「私は弱くなかったはず……必ず誰かが私を守り、助けてくれたから……あの力は私の力、では……なかったのか？」

ノエル様の呟きの意味は分かりませんが、オリヴァー様もロゼラインお嬢様も驚いたように目を丸くしました。

「あの万能感はマーガレッタの……!! ああ、私は無能だった、違う私は、私は……！」

ノエル様は頭を抱えて呻《うめ》き続けます。

「あ、あれはマーガレッタの献身、マーガレッタとの契約、マーガレッタが私のために貸してくれた力だった」

マーガレッタ様の力、ノエル様はたしかにそう言い、そしてオリヴァー様もロゼラインお嬢様も、唇を噛みしめ、ノエル様の言葉を聞いていていました。

お二人も否定しない。

まさか素晴らしい王太子も、何でもできる侯爵家嫡男も、麗しい聖女も、すべてあの追放されたマーガレッタお嬢様の力だったのでしょうか？

私も自分の手のひらが、じっとり汗をかいているのが分かりました。

それがもし本当なら、マーガレッタお嬢様をランドレイ侯爵家から、そしてこの国から追い出してしまった私たちは、この先どうなってしまうのでしょうか？

「クソッ！　所詮は学園の中だけのお坊ちゃまにお嬢ちゃまだったたってことか！」

ついにうずくまってしまった三人を見て、護衛の騎士がそう吐き捨てました。私は申し訳ない気持ちでいっぱいでした。

「怖い怖い」

「助けて……誰か助けて……」

「もう無理帰りたい……うう……」

三人はガタガタと震え、涙と鼻水を垂れ流し、隠れる場所もないのに、耳を塞いで尻を外に向けています。

どうぞそのがら空きの背中を攻撃してください、と言わんばかりの恰好で、騎士たちは全員呆れていました。

私でもこの状況が非常にまずいことはわかります。

「こんなに酷いとは……入隊したての少年でも、もう少し意気地があるぞ」

悪態をつきながらも騎士たちは全力で戦い、熊の魔獣をなんとか防いでくれました。もう争いの声は聞こえませんが、三人は耳を塞ぎブルブルと震え続けております。

私はもうどうしたらいいか分からなくなり、無事だった馬車の脇に立ち尽くしていまいた。

「それにしても、これは酷くないか？」

「聖女は回復魔法を使えるんだろう？　守ってやったとはいえ、平民出の俺たちにはそんなことできないっていうのか」

「え、違います！　その……今日は調子が……」

騎士たちの呆れた声が聞こえてきます。そしてその通りなのでした。

騎士たちは聖女の回復魔法があてにならないと確信し、傷の浅いものは包帯を巻き、血が止まらぬものはポーションを口にしました。

本来ならロゼラインお嬢様は、あの程度の怪我など跡形もなく治せますけれど、調子が悪いのなら仕方のないことです。

私はロゼラインお嬢様のお言葉を信じます。それが執事を目指す者としての務めですから……信じたい……信じたいのですが、あの丸まって震えている姿を見ると本当に信じていいのか、という迷いも生じてきました。

「仕方がない、隊を二つに分けよう。お前たちは隊長がいる前線の街へ向かい、増援は期待できないと伝えてくれ。残りはこの足手まといを届けに行くしかない。こんな情けない奴らでも王太子と貴族連中だ。死ぬのは不味いからな……」

騎士たちは道の真ん中に蹲《うずくま》っていた三人を立たせ、私たちは怪我をした者たちとともに元来た道を戻ることになりました。

道を戻る馬車に私と三人は無理やり詰め込まれましたが、私は俯いて座っているお三方になんと声をかければいいのかわかりませんでした。

三人とも、たまたま調子が悪かったのですよね？

何か理由があって、いつも通りの事ができなかっただけですよね？

そう聞きたかったのです。

沈黙の中で初めに口を開いたのは、私ではなくノエル様でした。

「……忘れて……いた」

「……私も、です……」

「私も……」

ノエル様にオリヴァー様とロゼラインお嬢様も同調します。

一体何を忘れていたのでしょうか。

私は俯いたまま耳を傾けます。

車内の重苦しさが増す中、ノエル様もオリヴァー様もロゼライン様も、昔のことを思い出しているようでした。

「わ、私は……私は駄目な子供だった……何をやっても上手くいかず父上そっくりだと、出来の悪い王太子だと言われ続けていた……」

ノエル様の呟きに私は目を見開きました。

ノエル様が出来の悪い王太子だった……なんて。この国に来てから、ノエル様の素晴らしい功績や伝説をたくさん聞いたというのに。

「私は何をやっても一人前にできなかった……本を読んでもその中身を全く理解できない、体力も少し動いただけでへたり込んでしまって……でも変わったんだ。マ、マーガレッタが私の婚約者になってから。マーガレッタが『みなさま』を私に貸してくれた時から、私は素晴らしい王太子になれたんだ」

マーガレッタお嬢様との契約。

そういえば旦那様もそんなことを口にしていたような気がします。

それならマーガレッタお嬢様がこの国を追われるように出て行かれてからすぐに、その契約とやらが切れたということなのでしょうか。

私は顔を上げて、オリヴァー様とロゼラインお嬢様をまじまじと見ました。

まさか、このお二人のあり得ないほどの不調も……マーガレッタお嬢様との契約が関係しているのでしょうか。

それが本当ならロゼラインお嬢様の聖女としてのお力も、オリヴァー様の剣の才能や冴えた頭脳も、一時の不調ではないということです。

マーガレッタ様が戻らなければ、ずっとこのままなのでしょうか。

ノエル様が呟いた内容は、昨日までの私なら一笑に付していたところでしょう。

でも先ほどのお三方の情けない様子をこの目で見た今は、何もかも腑に落ちてしまった気がしたのでした。

◆◇◆

長年このランドレイ侯爵家の執事長をさせていただいている私が贔屓目《ひいきめ》に見ても、ランドレイ侯爵家は優れた侯爵家ではありませんでした。

貴族としての地位は高いですが、才気あふれる跡継ぎに恵まれず、代を重ねるごとにどんどん財産を食いつぶしていきました。

元々豊かだった領地も、経営失敗が何度も続いたせいで土地は痩せ、最終的に凡庸以下というあたりに落ち着きました。

旦那様も取り柄がない方で、そんな旦那様のもとに嫁いだ奥様も、ある意味旦那様にぴったりの方でありました。

お子様は男女のお二人に恵まれましたが、お二人とも成長するにつれて、両親によく似ていることがわかってきて……お取り潰しの噂もちらつくほどでした。

しかし、そんなランドレイ家に奇跡が起こりました。次女のマーガレッタお嬢様がお生まれになったのです。マーガレッタ様は、生まれた瞬間から神々に祝福された子供でした。

神殿には、この世に神の愛し子が生まれたという吉兆が届いたようなのですが、教皇や神官長は、その神の愛し子を探すことはなかったといいます。

とある神官がぽろりとこぼした呟きによれば、神の愛し子は探さぬように、と啓示を受けていたとか。

『おとうさま、まーがれったには、とてもしんせつにしてくださる「みなさま」がついていてくれるのです』

『マーガレッタ、何を馬鹿なことを言っているのだ』

マーガレッタお嬢様は年を経るにつれ、『みなさま』という存在について話し始めるようになりました。

旦那様は、最初は子供の空想話と相手にしておられませんでした。

ですがマーガレッタお嬢様が具体的にその『みなさま』の話をし始め、マーガレッタお嬢様が生まれたその瞬間から持ち直し始めたランドレイ侯爵家の様子を見て、少しずつそれが空想話ではなく真実であると、気がつかれたようです。

『マーガレッタ……もしかして「みなさま」というのは誰かに貸すことができるのかい？』

『……できるそうですが、そんなことをしてはいけませんと「みなさま」にいわれました。けいやくすればマーガレッタの「みなさま」をおかしできるそうです』

才気のかけらもなかった旦那様でしたが、彼は見つけてしまったのです。

――マーガレッタお嬢様の『みなさま』を他の人に貸す方法を。

『そんなにたくさん「みなさま」がいるのなら、少しくらい貸してくれてもいいだろう？』

『え、いけません……「みなさま」がそんなことをしてはいけないと……』

『マーガレッタ!!　お前はなんて意地の悪い、それでもこの私の娘なのかっ!?』

『ひっ！　お、おとうさま、ごめんなさいごめんなさい。マーガレッタをきらいにならないで』

小さな娘が父親に叱られる恐怖。

まだ幼子であったマーガレッタお嬢様は父親に嫌われることが恐ろしかったのです。

だから『みなさま』にさんざん止められても、父親に従ったのでした……

マーガレッタ様は言われるままに、最後の一人になるまで契約を繰り返しました。

『よくやった！　マーガレッタ。さすが私の娘だよ！』

そう言って満面の笑みで頭を撫でながら褒めてくれる、父親の笑顔のために。

その度に引き離される寂しさに涙しながらも、一度だけ暖かく大きな手で父親に撫でられる嬉しさのために。

そして『みなさま』の力に頼っていなかったマーガレッタお嬢様は、さほど不便はなかったのです。

寂しくはあったようですが、普段と変わらぬ生活を送っておりました。

ただ、唯一マーガレッタお嬢様とともに残ることになった薬神様は、マーガレッタお嬢様にご加護をたくさん使っていたようでした。

マーガレッタお嬢様は私に話してくれたことを覚えてらっしゃらないようですが、どうやら前世というものでマーガレッタお嬢様は薬師として活躍し、いろいろな人を救っていたらしいのです。

その苦労への感謝を表すために『みなさま』がマーガレッタを幸せにするためについてきてくださった、とぼんやりとおっしゃっておりました。

また、『みなさま』とは夜寝る前にお話ししている、とこっそり教えてもらったこともあります。

とろとろと眠りに落ちてゆくマーガレッタお嬢様に、薬神様はとても優しく語り掛けてくれたそうです。

マーガレッタお嬢様の思う通りに。

マーガレッタお嬢様の幸せのために。

『みなさま』はそれだけを願っていたそうでございます。


マーガレッタお嬢様の『みなさま』の力は絶大でした。

女神フェローチェ様の力を借りたロゼライン様は、すぐさま当時の教皇様に聖女と認められ、癒しの力で人々を救い始め、これまで誰もなしえなかった国土全体を覆うほどの強大な結界を張ることにも成功なさいました。

戦の神様の力を借り受けたオリヴァー様は瞬く間に強くなり、全能の力を借り受けたノエル様は全てのことで完璧な王太子に変わられました。

さらには、豊かな大地の力を借り受けたリアム王国は、土地が肥え、争いが目に見えて減り、国王陛下が何もしなくとも、安全な国になりました。

幸運と金運の力を借り受けたランドレイ侯爵家は、努力をしなくても事業が成功し、莫大な富が集まりました。

それが一年続き、二年続き——五年も経てば、この力は以前から持っていたものだ、この成功は自分自身の力ゆえだ、と勘違いが始まりました。

過去の何もできなかった自分を恥じ、思い出したくない過去として記憶を封印してしまったのです。

彼らが絶大な力を糧《かて》に努力して自身の力を養っていれば問題はありませんでした。しかし彼らは何の努力もせずにただ『借り受けているだけ』だったのです。

それに気づくことなく、増長していきました。

嫌なものに蓋をして楽しいものばかりを見ながら、この国やランドレイ侯爵家の皆さまは、時間を過ごしたのでした。

◆◇◆

「マ、マ、マーガレッタさん！　お、王家ご用達を表すメダルを持ってきたよ！」

「え？　あ、はい……ありがとうございます」

次の日の朝早く。

アーサー様は、手のひらにすっぽり収まるくらいの小さなメダルを持って、グラナッツさんのお屋敷にある調剤小屋を訪ねてくれた。

素材は、白金でしょうか？

複雑な彫り込みがある綺麗なメダルは、たしかに権威を感じる素敵なメダルだった。

それにしてもこんなに早くからやってくるなんて、アーサー様は暇なのだろうか……？

でも毎日騎士団の訓練をしているみたいだし、訓練だけでなく現地に出かけることも多い、とグラナッツさんが言っていたはず。

私がぺこりと頭を下げると、アーサー様は「いえいえ」と答えて、話を続けた。

「なくさないように首に掛ける人が多いみたいだけど、メダルには名前が入っているから、もし盗まれたとしても悪用できないから、安心してほしい」

「そうなんですね。ありがとうございます！」

あまり厚くないメダルの側面を見ると、私の名前が彫られている。

ただ『マーガレッタ』とだけ入った刻印を見て、少しだけ寂しい気持ちになった。

そう、私はもう貴族じゃない。

一平民として、この先一人で生活していかなければならないのだ。

私はアーサー様から受け取ったメダルをぎゅっと握り締める。

「あ、あとこれ。首から下げるならこの枠に入れて使ってる人が多いから持って行けってアルティナさんに言われて……どうかな、使ってくれる？」

「まあ……嬉しいです」

アーサー様がくれたのは、ちょうどぴったりとメダルが嵌《はま》る大きさの枠だった。紐か鎖が通しやすいように穴が開いていて、小花の彫金もしてある可愛いものだった。

メダルに小さな穴でも開けて、首からぶら下げようと思っていたけれど、こちらのほうがおしゃれだろう。このメダルは、私がこの国で生きるのに役立ってくれるはずだ。

「ありがとうございます。アーサー様」

「う、うん！　急いで作らせてよかったよ。あー……あとね、マーガレッタさん……」

「はい？　どうかなさいました？」

アーサー様は言いにくそうに、言葉を濁してしまった。

この方がこんな言い方をするなんて、少し珍しいような気がする。これまではハキハキした方だったのに……

何か困ったことでもあったのだろうか？

ふとアーサー様の手を見ると、花束を持っているようだった。

何だかとても照れた様子で、いつもの元気さがない。

変なものを拾い食いしてお腹でも痛いのかな？

アーサー様にはいつも元気で笑っていてほしい。

「俺……女性に何を贈ればいいか分からなくて……聞いたら花だって言うから持ってきたんだ。う、受け取ってもらえないか？」

「え……」

「待たんかこのバカモノーーーー!!」

アーサー様は「へへ」と照れながら、後ろ手に隠していた『花束』をさっと私の目の前に差し出した。

と同時に、グラナッツさんと、レッセルバーグ国の宰相補佐――ラディアルさんの声が微かに聞こえてきた。しかし私は目の前の花に見惚れて、そして花が発する鳴き声のせいで、よく聞き取れなかった。

「これ……今朝、魔獣を退治したところの近くに咲いてたんだ！」

『ギャワー!!』

「えっ、これって……！」

『ギャワワー!!』

こ、この花は……！

「マーガレッタさん危険だ！　それはマンドラゴラという魔物だ！　早く、早く今すぐ捨てるんだ！」

ラディアルさんの忠告が微かに聞こえる。でも私は反応できなかった。

なぜなら私はその花――マンドラゴラに釘付けだったから。

花なのに口があり、中にぎざぎざの歯が生えている。植物のはずなのに小動物を食べることもある、とても危険な魔物なのだ。

一見ただの草なのだが、森を歩いている猟師の足に噛みつく厄介者らしく、山歩きをする時は必ず防御できる硬い皮の靴を履くように、と以前読んだ本に書いてあった。

私のいたリアム王国では、深い森にしか生息しておらず入手は困難だと聞いていて、実物を見たのは初めてだ。

初めて見る魔物に、私の胸の鼓動はどんどん速くなっていく。

本当に声を上げて鳴いている……しかも何かうねうねして動いている！

なんて、なんて……！

「なんて素敵なプレゼントなんでしょう！　アーサー様、すごいです！　本当にこれをいただいてもいいんですか!?」

「もちろんだよ、マーガレッタさん！　それに一つじゃ少ないと思って、こっちの袋にはいくつも詰め込んできたんだ！」

「……え」

ハァハァと息を荒らげるラディアルさんと、その後ろでもっと大きく肩を動かすグラナッツさんが、呆然とこちらを見ているのが視界に入る。

「これがあれば鎮痛剤もできますし、かゆみ止めクリームも！　それに、それに……どうしましょう、作れるものがもっともっと増えます！　こんな貴重なものをこんなにたくさんだなんて!?」

「もしこれが必要なら、もっと採取するから、いつでも言って！」

「アーサー様、嬉しいですっ！」

欲しくても手に入らなかった貴重な花に、私は踊り出しそうだった。

こんな貴重な魔物の花が欲しい、だなんてお父様に言おうものなら、真っ赤になって「私を殺す気か！」と叫びながら暴れ回るだろう。

まあたしかに噛みつく習性があるから、ちょっとは危ないかもしれないけれど……

現にそのマンドラゴラはアーサー様に噛みつこうとブンブン首を振り回し暴れている。

すごく活きがいい新鮮なマンドラゴラ！

早くこれで薬を作りたい！

「マーガレッタさん、これはどうやって使うんだ？」

「花びらを千切ってオイルを抽出します！　量を誤ると幻覚を見る副作用が出るので、オイルの量はほんの少しだけですが」

「よかったら、作業を見ても？」

「どうぞ！　こちらです」

珍しい花が手に入って私はすっかり周りが見えなくなっていて、グラナッツさんとラディアルさんを完全に忘れていた。

「お祖父様……あの、彼女が薬師令嬢のマーガレッタさん、ですか？」

「うむ……可愛らしいお嬢さんなのだが、どうも薬作りのことに夢中になると周りが見えなくなるようじゃな」

「えーと、あの……お似合い、というのはこのことでしょうか？　魔物をもらって喜ぶ令嬢を初めて見ました」

「そうだな。あれは間違いなく『お似合い』というものだ」

グラナッツさんとラディアルさんの呆れたような声が聞こえたが、私とアーサーさんはマンドラゴラを使って作ることができる軟膏の話で盛り上がっていたので、素通りしてしまった。

それからというもの、アーサーさんがこの調剤小屋にいろいろな素材を持ち込んでくれるようになった。

長年ノートに書き留めるだけだったものが、次々と作れるようになり、私はさらにレッセルバーグ国にお返ししなければ、と強く思い始めた。


「ねえ、マーガレッタお嬢様。どうしてポーションをクリームにするんですか？　三つ分のポーションの材料を、こんな小さな瓶のクリームにしちゃったら、もったいなくないですか？」

とある日、調剤小屋で薬の研究をしていたところに、カメリアさんがやってきた。

カメリアさんは、私が作った、手のひらに収まるほど小さな丸い容器に入ったヒールクリームをツンツンと突きながら、不思議そうに聞いてきた。

よくぞ聞いてくれました！　これは薬師の先生としてお答えしましょう！

私はちょっと胸を張って、その疑問に答える。

「これなら使う量を自分で調節できるからです」

「調節？」

「はい。ポーションなら一瓶飲まないといけないじゃないですか。それに対してクリームなら好きな分量だけ塗ればいいんです。体の表面の小さな怪我にしか効かないのですけれど、ポーションよりも使い勝手がいいはずなんですよ」

「と、言いますと？」

私は容器の蓋を開けて、ちょっとだけ指先に取る。そしてそれを手の甲に塗り込んだ。そこに怪我があるわけではないけれど、ふわっと温かくなって心地がよい。

「たとえば、ニキビに塗るとか、あかぎれに塗るとか。あとは料理中のちょっとした怪我みたいな、ポーションを飲むほどではないけど気になるところに使えて、便利だと思うんです」

「あっ！　それすごい！」

女性なら誰もが欲しがるって思っていたけど、カメリアさんの目もキラッと輝いたので、この勘は間違ってないようだ。

「ちょっとずつ使えばこの瓶なら二十回……うーん三十回くらいは使えるでしょう。ポーションなら三回しか治せなくても、クリームなら三十回治せちゃうわけです。もちろん大きな怪我には使えませんが、小さい怪我ならこれがバッチリな訳です」

「なるほど……でも、ポーションを作ったほうがお金になるのでは？」

たしかにポーションとしてお店に卸したほうがお金にはなる。

けれどポーションにして儲《もう》けを増やすよりも、私はこのクリームが家庭の救急箱に入っていてくれたほうが嬉しい。

母親のあかぎれに子供が、子供の小さな怪我に母親が塗ってあげる、そういう風に使ってもらえたら……すごく嬉しい。

「お金儲《もう》けより、困っている人に使ってもらいたいと思うんです」

「お優しいのですね、マーガレッタ様は」

「そう、でしょうか……？」

「そうですよー！」

にこにこと笑いながら、カメリアさんは試作品のクリームを眺めている。

優しいのとはちょっと違う気がするけれど……と照れてしまう。

その後もカメリアさんと、ヒールクリームの使い方で盛り上がっていると、調剤小屋の窓からひょっこりアーサー様が顔を出した。

アーサー様、結構頻繁にこの調剤小屋にやってくるけれど、王子様で騎士様なんですよね？　こんな気軽に来ちゃって大丈夫なんだろうか……

でもアーサー様は明るい笑顔で話しかけてくれるので、私の心にかかったもやをいつも吹き飛ばしてくれる。

そんなアーサー様の笑顔に癒されていると、彼はカメリアさんが持っていたヒールクリームを指さした。

「それ、一つ売ってくれないか？　新人騎士たちの手のマメの皮が剥《む》けちゃって」

「試作品ですからお金はいらないです。ぜひお持ちになってください。その代わり感想を伺いたいのですが」

「分かった！　任せておいて」

私がクリームをアーサー様に手渡すと、彼はクリームを受け取りさっさと走って行ってしまった。

その後ろ姿を見ると、なんだか元気が出てくる。

住み慣れた国と家を離れ、新しい場所での生活。

その中で、こうして生活できるのは、周りの人たちのおかげなんだ、と温かい気持ちになった。

彼の後ろ姿が消えるまでじっと見つめていると、ほぼ入れ違いのようにカールさんが調剤小屋にやってきた。

「お嬢さん、ポーション売ってくれ～……って、なんだそれ、新しいポーション？　にしちゃ小せえな」

「カールさん、これはですね――」

カールさんも、お仕事の前にここでポーションを買っていくことが多くなってきた。私としてはありがたいのだけど、私のポーションだけでいいのかな……？

私はさっきカメリアさんに話したヒールクリームの使い方を、カールさんにも話す。冒険者であるカールさんにもこれを一つ渡して、使い心地を聞きたい。

「ふーん、なるほどな？　たぶん俺向きじゃないけど、欲しがる奴はいそうだな。ちょっと好きそうなやつに試してもらうよ」

「はい、お願いします!!」

聞くところによれば、カールさんは最近、リアム王国方面に行くことが多いらしい。

私が出て行った後にあの国がどうなっているのか聞きたいのだが、まだ聞くのは少し怖い。

じゃあな、と言って後ろ手に手を振って調剤小屋を出ていくカールさんの背中を、複雑な気持ちで見送る。

気になるは気になるけど、私がいまさら何をどうしようと、私が婚約破棄されて国外追放になったことは変わらないし、私があの国に必要なくなったことも変わることはないんだ、と頭を振って気持ちを切り替える。

今はヒールクリームのことを考えよう。

あと、試してもらいたいのは、この屋敷の人たちだ。

「これ使うの、すっごく楽しみです！」

「カメリアさん、ありがとうございます。ロジーさんとか他の方々にもぜひ感想を聞きたいですね」

「私、渡してきます！」

水を使ったり刃物を使ったりと、お屋敷の仕事は大変だから、きっと役に立ってくれるはず。

グラナッツさんのお屋敷にお世話になり始めてからまだ数日しか経っていないが、何の不自由もなく過ごせているのは、ロジーさんたちが気を遣ってくれているからだ。

〈マーガレッタが笑顔で過ごせるのが一番よ〉

「ありがとうございます……」

生まれた時から私を守って助けてくれる『みなさま』も、私を温かく見守ってくれる。

このままこんな穏やかな日々が続いてほしい……と、心から願った。

第三章　薬師令嬢、自分らしく生き始める

「これならどうじゃ！」

「まあ！　大旦那様。だいぶ濁らなくなりましたね」

「うむ。わしも一端《いっぱし》の薬師になれた気分だ。嬉しいのう」

毎日一緒にポーションを作っていると、グラナッツさんもカメリアさんもどんどん上達してきて、お店で販売しているポーションと遜色《そんしょく》のない、素晴らしいポーションを完成させた。

やる気に満ち満ちている二人の力の伸びは素晴らしく、私のそばにいる薬神様がにこにこして満足げにしていらっしゃるほどだ。

今日も調剤小屋に立ち寄っていたカールさんが、キラキラとした眼差しで完成させたばかりのポーションを見つめるグラナッツさんを見て、ケラケラと笑う。

「グラ爺のポーションなんて最初はあんなに激マズだったのに、今じゃ普通に飲めるもんな。あはは！」

「そんなもんでも使うと持って行ったのはカール坊じゃろ！」

「そりゃあな、味より命が大事だろ」

カールさんは頻繁に珍しい薬草の苗や面白い材料を譲ってくれるので、薬草園はかなり高価な薬草も育てることができている。こんなに貴重な材料がたくさんあれば、どんな薬でも作れそうな気がしてくる。

　もちろん庭師のテンスさんがいつも心を込めてお手入れしてくれるため、どの薬草も生き生き育っているのも大きい。

　カールさんに、貴重な材料を持ってきてくれたお礼の代金を払うと言っても、彼は断ってしまう。しかも「ポーション払いのほうが助かるな！」と言ってポーションを持っていく割には、ポーション代金も勝手に置いて行ってしまうのだ。

「そんなことより、例のアレを……」

「ああ、痒《かゆ》み止めですか？　湿度が高いと痒《かゆ》くなるんですよね？」

「そうなんだよ！　とくに脚鎧《グリーブ》の中で蒸れると、痒《かゆ》すぎて頭が爆発しそうになるよ！」

　魔獣たちと戦うときは、金属でできたブーツのようなものを履くそうなのだが、とくに雨の日や湿地での作業だと大変らしいのだ。

　足は守らないといけないから履かないといけないが、痒《かゆ》みが徐々に増して、地獄の苦しみを味わっているのだ……と前回いらっしゃったときに力説していた。

「痒《かゆ》み止めクリームがそんなに重宝されるとは思いませんでした。こちらです。消臭能力も付けておきました」

「うおーー救世主ぅ！　お嬢さんは俺たちの女神だぜ！」

　痒《かゆ》み止めの薬くらいで女神様呼ばわりなんて、本物の女神様に失礼ですよ！

「早く早く！　アーサーの野郎に気づかれる前に全部売ってくれ！　騎士団の全身鎧、あれは絶対に蒸れるやつだから、あいつも絶対に欲しがる！」

口早に話すカールさん。

ですがもう遅いみたいです……

カールさんの後ろに、アーサーさんが普段は見せないような固い笑顔で立っていた。

「カール。いくらあなたがS級冒険者でも、買い占めは許せないな？　なにやら痒《かゆ》み止めとか聞こえてきたんだが？」

「えー！　いいじゃん。あんた王子様なんだから、痒《かゆ》み止めくらい一般人に譲れよぉ！」

カールさんは筋骨隆々の戦士といった風貌なのに、口を尖らせて文句を言う顔はなんだか子供っぽくて、いつも吹き出しそうになる。

絶対私を笑わせようとしてるでしょ⁉

「我らが騎士団にも譲れないことはある！　そのうちの一つが、痒《かゆ》み止めだ！」

「よーし、表出ろ。どっちが何本痒《かゆ》み止めを買うかを賭けて、勝負だ‼」

「望むところだ！」

「……あれ？　なんでこんなことになったんでしょう……？」

そのままお二人は、痒《かゆ》み止めをどれだけ買うか、という理由で、殴り合いを始めてしまった。喧嘩はやめてほしい……とオロオロしていると、私の周囲にいた二つの光が、一つずつアーサー様とカールさんのもとへ行き、くっついた。

「あら？」

〈私はアーサーに加勢する！〉

〈お前がそっちなら私はカールだ！　前のヘナチョコオリヴァーと違って力の貸しがいがありそうだからな！〉

〈それには同意だ！〉

どうやら、私に力を貸してくださっている『みなさま』のうち、ノエル様にお貸ししていた全能の神様がアーサー様に、オリヴァーお兄様にお貸ししていた戦いの神様がカールさんに、力を貸し与えているようだ。

神様たちがお二人の体にくっついた瞬間、お二人は同時に動きを止めた。

「体が軽い……？」

「何だ？　力が湧いてくる……!?　これはすごい!!」

〈あの二人のことを気に入ったようね。きっとマーガレッタを幸せに導いてくれると確信したんだわ〉

普段は夜に話すことが多い『みなさま』が、こぞってこの場に現れた。その中でも一番私を気にかけてくださる方の楽しそうな声が聞こえてきた。

〈何も心配することはないわ。契約じゃなくて、あの二人が自主的に選んだんだから。ふふ、でもマーガレッタ。私の力もたまには使ってね？〉

この方は、ロゼラインお姉様にお貸ししていた、慈愛と美の力を司《つかさど》る神、フェリーチェ様だ。

たしかに怪我や病気の治療はポーションに頼ることが多い。

そういえば、リアム王国では国全体に結界を張っていた、と言っていた。私も真似したらできるだろうか？

できるならきっとこのレッセルバーグ国の役に立つはずだ。

そのことをお話したところ、神様はウキウキとその場を飛び回り始めた。

〈もちろん簡単よ！　私と相性抜群のマーガレッタですもの、あの娘とは桁違《けたちが》いの綺麗な結界を張れるわよ。やってみましょうか？〉

とても楽しそうに言われたので、軽い気持ちでお願いしてみた。

すると、すぐにふわっと暖かい風が広がっていった。なんだか優しさが神様を中心に広がっていった、そんな気配。

私はただ優しい風が吹いただけにしか感じられないけれど、神様のお力なんだから、きっといいことが起こるはず。

「な、なんだぁ!?　今の」

「なんだ……あったかいものが……？」

ちなみに、その風が広がるのと同時に、アーサー様とカールさんはぴたりと殴り合いを止めてしまった。

とりあえず、殴り合いが収まってよかった。

ありがとうございます、と心の中でお礼を言うと、優しい微笑みと共に髪の毛を撫でてもらえた気がした。

私の中の嫌な気持ちや黒いモヤモヤも減っていく気がする。とても優しい『みなさま』の力に知らずに笑みを浮かべていた。


「マーガレッタお嬢様ぁ～～！」

「ハル！　リリー！　ビオラ！」

数日後、私はランドレイ侯爵邸で働いていたメイドたちと再会した。

少しはしたないけれど、調剤小屋で再会した時、嬉しすぎて思わず手を取りあってぴょんぴょん跳ねてしまった。

「……私たち、どうしてもマーガレッタお嬢様の所に行きたくて……」

詳しくは教えてくれなかったけれど、三人はランドレイ侯爵邸で酷い扱いを受けたようだ。私に心配をかけまいと言わなかったんだろうけど、暗い気持ちがさざ波のように広がる。

他の皆さんは大丈夫なんだろうか。

「それで、私たちが出国したときにたまたま国境警備所にいらした冒険者のカールさんに、お嬢様がこちらにいらっしゃると教えていただいたのです」

「まぁ、カールさんが⁉」

「お願いいたします、お嬢様。私たちをここで働かせていただけないでしょうか！」

彼女たちは一斉に頭を下げる。

できれば、力になってあげたい。

でも私は今は居候《いそうろう》の身だから、私が決めることはできない。

無力感で唇を噛みしめる。

悔しい、私にもっと力があったら何とかしてあげられるのに。

ぎゅっとスカートを握ったまま、返事をしようとしたちょうどその時、ぴょこりとグラナッツさんが現れた。その隣にはロジーさんもいる。

グラナッツさんは三人を見て、ニコニコと笑った。

「おや、よかったのうロジー。人手が足りなくて困っていたところじゃったな?」

「本当ですね、大旦那様。三人とも、メイドの心得はありますね? すぐにでも仕事に取り掛かれますか?」

「大丈夫です!」

「できます!」

「頑張ります!」

「あ、あの――」

そして私が声をかける間もなく、ロジーさんは三人をつれて屋敷の奥へ行ってしまった。彼女たちの後ろ姿を呆然と見送って、上機嫌で立っているグラナッツさんを見る。

「グラナッツさん、よいのですか……?」

私一人でもグラナッツさんたちにとてもお世話になっているのに、メイドたちまでお世話になるなんて。

申し訳なくておずおずと尋ねると、グラナッツさんはよいよい、と笑顔で答えてくれた。

「なぜだかわからんのだが、最近我が家で出資しておる事業が好調での。それだけじゃなく農業方面も鉱業方面も好調なものだから、とてもとても忙しくてどこも人手が足りんのだ。できればもう少し人が欲しいんじゃが、カール坊、伝手《つて》はないかの？」

「どうだろうなぁ……ふむ」

ここまで三人を護衛してきてくれて、ちょうど屋敷の中に入ってきたカールさんは、先ほどの三人の荷物を床に下ろしながら首を捻《ひね》った。

「……あ！」

「お、いるのかのう？」

カールさんは少し思案し、私に一瞬視線を向けて、口を開いた。

「マーガレッタお嬢さんの実家でクビになった人たちを連れてきてもいいか？　なんだかいろいろあったみたいで、結構な数いるみたいだ」

「ど、どういうことですか⁉　カールさん、詳しく教えてください！」

結構な数いる……って、一体どれくらいの人がクビになってしまったの⁉

「く、詳しくって言っても、貴族の家のことは俺には分からないんだ、ごめんな。マーガレッタお嬢さん」

「……そう……ですよね」

ランドレイ侯爵家で何かあったんだろうか……やはり、私がいなくなったことで困ったことが起こっているんだ。

『みなさま』の不在もあるし、毎週卸していたポーションも卸せなくなっているはず。

あ、でもかなり作り貯めていたから、一年くらいは余裕で納品できるはずなんだけれど、もしかしたらポーションをたくさん使わないといけないような、よくないことが起っているんだろうか……!?

ぐるぐるといろいろな考えが出てきて、混乱してきた。

するとカールさんが、ポンと私の肩に手を置いた。

「マーガレッタお嬢さんが心配してもしょうがないと思うぞ。なんせもう縁が切れたんだろ？　マーガレッタお嬢さんはここで生きていく、あの人たちは向こうで暮らしていく、だろ？」

諭すように笑うカールさんの言うことは正しい。

そうだ、私はあの人たちと違う場所で生きていくんだ。しっかりしないといけない。

「そうでした、人の心配より自分のことですね。ありがとうございます」

「うんうん、そうそう。俺、ちょっとグラ爺に聞きたいことがあるから屋敷のほうに行ってくる。またねマーガレッタお嬢さん。あの三人には荷物を取りにきてくれって言っとくから、しばらくここに置いといてくれ」

「はい！　ハルたちを連れて来てくれて、ありがとうございました」

「いいってことよ！」

カールさんは頼りになる大きな背中を向けて、グラナッツさんとお屋敷に戻って行きました。

私も自分にできることをしよう。

あの人たちはあの人たち、私は私で生きていくと決めたんだから。

さて、そしたら薬の研究を続けなきゃ！

「もっと濃縮したら持ち歩きに便利かな？」

私にできることはポーションを作ること。

カールさんのような冒険者さんたちの役に立つ薬を作れないか、あれやこれや実験してみることにした。

◆◇◆

第一王子の婚約者である私アルティナは、淑女にあるまじきことなのですが、婚約者の弟アーサーの浮かれた姿を見て、ぎょっとしてしまいました。

だってあのアーサーが……!?

「……可愛い上に立派だ……はぁ……」

朝早くグラナッツ翁に呼び出されたアーサーが出かけるときは、憂鬱そうでした。

『なんか知らないけど、爺ちゃんに呼び出されたんだよね～。じゃあ、行ってきま～す』

面倒くさそうな表情を浮かべ、お行儀悪く頭を掻きながら行ったのに、戻ってきたら人が変わったように、頬を赤らめて、ぼんやりと中庭に面した渡り廊下の手すりに頬杖をついたまま空を見上げ続けております。

まさに、心ここにあらず、といった彼に、どう声をかけたらいいのか、私の婚約者であるイグリス様は思い悩んでいましたが、私は完全に理解しております！

「アルティナ……あいつ、どうしたんだろうか……？」

「あれは恋。アーサーは恋をしているんですわ!!」

「恋⁉　あのアーサーが⁉」

イグリス様は「明日は空から槍が降るかもしれない」と小声で呟いておりますが、あれは恋に落ちた男の姿で間違いありません。私には分かります。

アーサーは、イグリス様の腹違いの弟で、レッセルバーグ国第二王子です。

彼は出来がよすぎる王子です。

母親は子爵の出であり、アーサーがまだ小さい時に儚《はかな》くなってしまいました。彼の類稀な能力があれば、たとえ後ろ盾がなくとも次期国王の座をイグリス様と取り合うこともできたのに、アーサーはきっぱり言い切ったのです。

『俺は臣下に下ります。兄上が王様になってください！』

なんとまだ成人もしていなかったのに、王位継承争いを放棄してしまったのです。

しかし静かに暮らすのかと思えばそうでもなく、危険な地域に飛び込み、国のために尽力してくれております。

「俺はね、兄上に国王になってもらいたいんだ！』

アーサーはどこに行ってもイグリス様のことを立てるので、アーサーが活躍する騎士団ではイグリス様の支持者が多く、醜い王位争いは発生しないでしょう。

イグリス様と私はそんなアーサーに常に感謝をしています。

そんないつも快活で、笑顔のアーサーが、空を見上げて悩んでいる……しかもどうやら悩みの種は、今まで噂の一つもなかった、恋！

これはアーサーの献身に報いるチャンスなのでは!!

「呼び出されたのはグラナッツ翁の所でしたわよね。翁はなにやら面白い令嬢を保護したと聞いております」

「誰からそんな情報を？」

イグリス様は不思議そうに私の顔を覗き込みます。

ふふ、私の実家であるスタンフィル公爵家の情報網は中々優秀なのです。

この国のどこにスタンフィル家の手の者が潜んでいるかわからないくらい……もはや王家直属の情報機関よりも手広く情報を収集しておりますの。

「面白い令嬢？　そしてアーサーはそのお嬢さんに、ということ？」

「ええ、あの様子を見る限り、驚くほど華麗に恋に落ちたようですわ。アーサーも年頃の男性だったのね。将来の義姉として少し安心いたしました」

うふふ、と扇で口元を隠して笑うと、イグリス様は驚いてくださった。

そして、きょとんとしていた眼を少しだけ細めて、そっと恐ろしい質問をなさいました。

「その子は、いい子かい？」

その言葉の中には、きっとたくさんの意味がこもっているのでしょう。

イグリス様が知らない、他国からやってきて保護された令嬢。そしてその令嬢を、私が面白いと評したことの意味。

さらには、この国の王族に連なるにふさわしい令嬢であるかどうか。とくに可愛い弟の伴侶としてふさわしい人格かどうか。

すべてをその言葉に詰め込んで、真面目な瞳で答えを待っております。

ええ、答えましょう、あなたの問いに。

私はにっこりと満面の笑みでイグリス様を見つめます。これが答えでございますわ、麗しの王太子殿下。

「ぜひ、わたくしの義妹にしたいですわ」

ふ、とイグリス様の頬が緩みました。正しく伝わったようで何よりです。

どうやらグラナッツ翁はとても素晴らしい令嬢を保護してくださったようなのです。

野に揺れる白い花を連想するような可愛らしい方で、とてつもない能力を持っている真面目な性格の令嬢。

しかも私たちが喉から手が出るほど欲しかった『薬』に関する知識を持った方。

さすがグラナッツ翁。引退してもこの国のために働いてくださるなんて、私たちは一生頭が上がりませんね。

「ティナがそこまで言うとは……私もそんな義妹がぜひ欲しいものだよ」

「アーサーなら、その令嬢の心を射止めてくれるでしょう」

そう言ったものの、青空をぼんやり見上げてため息をついてばかりの義弟は大丈夫なのでしょうか……少し不安になりますね。

このままなら、私も多少なりとアーサーの手助けをしなければなりませんわ。

ふふ、と笑いが聞こえたのでそちらを見ると、イグリス様が苦笑いを浮かべて、ご自身の口角を指さしておりました。

いけない、どうやら笑ってしまっていたようです。

「もうアーサーの恋は実ったも同然かもしれないなあ」

「いえいえ。所詮、わたくしは応援しかできませんから。恋は当人同士が行《おこな》うものでしょう?」

剣一辺倒だった彼の遅い春を私たちは大いに喜んで歓迎いたしましょう。

イグリス様も、アーサーが一目惚れした令嬢に早く会いたいようで、声が弾んでおります。

私も彼女といろいろな話をすることが、今から楽しみです。

どうやら、リアム王国であった不幸な出来事を、レッセルバーグの明るい空の彼方へ吹き飛ばしてあげる必要があるみたいですから。

さあ、そのお手伝いを始めましょう!!

そう意気込んで計画を練っていた、ある日のこと。

私はこの冬の決算書類からパッと顔を上げました。

心地よく優しい風がとある地点から広がり、国の隅々まで広がっていった……そんな感覚。

その風を嫌がるのは闇に蠢《うごめ》き、昏《くら》きを愛し、この国に敵意と害意を持つものでしょう。

これは聖女の結界――なんと優しくて心地よい風なのかしら。

「……これは想定外ね」

イグリス様も今、我が国に起こった奇跡に気がついたらしく、書類から顔をあげました。

私は自分が今まさに書いていた書類を訂正しました。この風があるのなら、魔獣に対する防衛費を少し削って福祉のほうに割り振ることができることでしょう。きっと今年の冬は子供の死亡者をかなり減らせますわ。

イグリス様は私を見て、ふふ、と微笑みを浮かべます。

「ティナ、何が想定外なんだい？」

私は思わず眉をひそめました。

マーガレッタはいいのです。彼女の力は私の想像以上に素晴らしく、こうして予算費の書き換えもできて嬉しいことです。

イグリス様を見て思い出したのは、もっと別のこと。イグリス様と血の繋《つな》がりのある、あの男のことなのです。

さすがに……さすがに、あれはあり得ないわよ！

「あなたの弟の使えなさよ！　どうして年頃の女性へのプレゼントが、魔物やら素材やらばっかりなのよ！　本来もっとこう、素敵な花束とか宝飾品とかで、あれは違うでしょう！」

あまり大きな音は鳴らなかったけれど、重厚な執務机を勢いのままに叩いてしまった。

マーガレッタは十六歳の女の子なのよ!?

そんな可愛い可愛い……もう一回付け足すけれど、可愛い女の子へのプレゼントが、ギャーギャー喚《わめ》く花とか、でろでろの緑の変なものが付着した訳の分からない皮とか！

あり得ない、本っ当にあり得ないわ！

私の勢いに圧倒されてイグリス様は少しの間口を閉じていたが、「うん、そうなんだ」と静かに話し始めました。

「私も、せめて魔物はやめて果物にしたらどうだ、と言ったんだ。そしたらお返しにその果物で作ったポーションをもらってね……美味しかったね」

「それも違うでしょ！　もう、どうしてあなたたち兄弟はそうなのよ!?」

へらっと笑うイグリス様に、私の怒りは限界を突破しそうです。

たしかにあのリンゴ味のポーションは美味しかった。まるで搾《しぼ》りたてジュースのような爽やかさはありつつも、ポーションの性能は通常のものより高く、溜まっていた疲れがスーッと取れて、とても驚いたのを覚えております。

王妃殿下にお薦めして、いつも飲んでいただきたいと思ったほどでした。

「というよりも、早くマーガレッタに然《しか》るべき貴族の家門に入ってもらって、アーサーとの婚約を結ぶべきなのよ！　ドレスや宝飾品を贈る甲斐性とお金くらい、アーサーにだってあるでしょう⁉」

グラナッツ翁が守ってくださっているとは言え、マーガレッタはこの国には頼れる人が少ないのに！

そして私が憤慨していても、なんでイグリス様はにこにこと上機嫌なのよ！

「もうっ、笑い事じゃないでしょう！」

「いやあ……怒るティナも可愛いなあって」

「イグリスッ！」

小さな頃からいつもそう！

イグリス様は私が怒って文句をぶつけても、いつもにこにこして怒っている姿も可愛いなんて言ってきて……恥ずかしくて困った人だわ！

「でもね、アルティナ。話を聞くとそのマーガレッタさんは……あまりそういうのを急いでいるお嬢さんじゃないみたい、って思わないかい？　彼女は故国でとても悲しい目にあってきた。もう少しその傷を癒してほしいんだよね」

「でもそんな悠長に構えて、彼女が危険な目に遭ったらどうするんです？　彼女の実力が知れ渡れば、誰しも彼女を手に入れたいと思いますわ」

うんうん、と大げさに頷くが、それについてもイグリス様にとっては想定済みの質問なんでしょう。

「君なら親身になって守ってあげられるだろう？　私の婚約者はとっても優しくて有能だからね」

「……うっ」

今度はとてもいい笑顔でウィンクを送ってきました。

今の私はきっと頬が赤くなってしまっているはず……

イグリス様はそれを見て、さらに笑みを深めます。

私がイグリス様の笑顔が大好きなことを知っていて、わざとあの顔で言ったんでしょうね。

「ず、ずるいですよ……イグリス様。でも何とかはします。もちろん手を貸してくれますよね？」

「ティナのお願いなら、私は何でも聞くよ？」

「もうっ！」

私はイグリス様の笑顔に、ふん、とそっぽを向きます。

この国で一番勇敢なアーサー王子はちょっと奥手で、マーガレッタにはもじもじしてしまうのです。彼の恋心をどうやったら上手く彼女に伝えられるのか。

これはとても難しい案件だわ……

◆◇◆

俺はS級冒険者のカール。

双大剣といって二本の大剣をぶん回すスタイルで戦っていて、冒険者界隈《かいわい》ではちっとは名の知れた冒険者だ。

その俺が暇を見つけるたびにグラ爺の家に出入りしているのは、リアム王国っつー場所から逃げてきたマーガレッタお嬢さんを気に入っているからだ。

調剤小屋から出た俺とグラ爺は、屋敷にあるグラ爺の執務室で対面していた。

「予想通り、酷いモンだったぜ。あの家の使用人、ほとんど連れて来てもいいか？」

「構わんぞ、カール坊。マーガレッタ嬢に伝えた通り、本当にあちらこちらで人手不足になってしもうて困っておるんじゃ」

「……こっちは景気がいいな」

口角に笑みを滲《にじ》ませるグラ爺を見て、俺は頬杖をついた。

もともと俺たちはお嬢さんが住んでいたリアム王国を拠点に冒険者の活動をしていた。

理由はもちろん、マーガレットの花のマークがついたポーションが欲しかったからだ。あのポーションに何度も命を助けられたし、仲間を死なせずに済んだことが幾度もある。

S級の俺はリアム王国の冒険者ギルドに所属していれば、あの凄まじい回復能力を持つポーションを毎月一本、優先的に買えたのだ。

「それにしても、あのお嬢さんがねえ……」

いまだにあのポーションを作っているのが、お嬢さんただ一人というのが信じられない。目の前で作っているのを見ても、だ。

細っこい白い腕をぷるぷる震わせてヒイヒイ言いながら薬草を運んでいる年若い令嬢が、たくさんの冒険者や人々の命を救っているのだ。

——あの夜、馴染みの御者《ぎょしゃ》であるハンセンがすごい勢いで冒険者ギルドに飛び込んできたかと思えば、俺と数人の冒険者の腕を引っ張ってきた。

『いいから早く来い！　絶対に損はさせない。むしろ断ったらお前ら泣きをみるぞ!!』

たった一人の令嬢を隣の国まで逃がすと言い、過剰とも言えるほどの数の凄腕冒険者たちを一介の御者《ぎょしゃ》がまとめあげた。

最初はあり得ない話だと思ったが、俺を含めた半分の冒険者はその話に乗った。

ワクワクしたからだ。

結局そのワクワクは大当たりで、今でもあの時断らなかった自分自身に拍手を送りたい。

『それは私が作りました』

第一印象は、とても地味で普通のお嬢さんだった。

だがポーションの話をする時にキラキラと瞳が輝くのがとても可愛らしいと思い、手伝ってやろうと思った。

グラ爺の家に来てからは、瞳どころか髪から雰囲気まで何から何までキラキラしている気もするが、きっとレッセルバーグに来てから伸び伸びと好きなことをやれてるからなんだろうな、と俺は思う。

「ところでグラ爺。お嬢さんの家——ランドレイ侯爵家なんだが、噂は届いてるか？」

お嬢さんが心配するから、この話題は彼女の前で話すのを避けた。

「良い話は一つもないが聞いておるよ」

グラ爺は、ふん、と鼻を鳴らす。きっと内容がとんでもないことをしっかりと理解しているのだろう。

ランドレイ侯爵家の噂というのは、ランドレイ侯爵領で事故や農作物の謎の被害が相次ぎ、てんてこ舞いになっている……というものだ。

「実はリアムの冒険者ギルドがあのポーションの販売を止めたんだ。あっちにいる意味がなくなっちまってさ、こっちに拠点を移そうと思ってる」

「よいのではないか？　きっとマーガレッタ嬢も頼れるお兄ちゃんが傍にいてくれたほうが嬉しいだろうよ」

「俺、兄貴枠ってこと？　なるほどいいねえ〜、可愛い妹って憧れてたんだよなぁ〜」

へへっと少しだけ鼻の下を伸ばす。

素直で可愛い妹か。悪くない。グラ爺にしてみれば、俺もお嬢さんもアーサー様も可愛い孫みたいなもんなんだろうな。

本当にこの爺さんは、貴族にしておくにゃ惜しいほど、公正で寛大だ。

昔はともかく、今は俺たちに気さくに接してくれて本当に助かるし、グラ爺のおかげでこの国は住みやすくなってる。

「そしたらしばらく行き来して、侯爵邸をクビになった人たちを連れてくるか……。あとなグラ爺、俺なんか最近すごい加護がついたっぽくて、ちょっと変なんだよ」

「ほう、変とな？」

両手を開いたり閉じたりしている俺を見て、グラ爺は首を傾《かし》げた。

「俺らはさ、自分の体調をしっかり把握しとかなきゃ駄目だろ？　なぁんか好調すぎるのも怖いんだよなぁ。マーガレッタさんと会ってからこう……ぐんぐん誰かに後押しされているような気がしててな」

「ふむ……可愛い妹を守れという誰かの願いかの？」

グラ爺がぽつりとこぼした言葉に、俺は目を見開き納得してしまった。

そうか、お嬢さんを守ってくれってことか！

少し前から悩んでいたことが一気に解決し、俺は豪快に笑ってしまった。

「あっはっは、違いねーや！　それなら納得だ、そうかそうか！」

……可愛い妹を守るための力なら、悪くない。

◆◇◆

今日も旦那様と奥様は、リビングで言い争っております。

追いつめられた表情の旦那様は、音を大きく立てて椅子から立ち上がり、おっしゃいました。

「マーガレッタだ……マーガレッタがいなくなったせいで。アレが契約を更新しなかったからこんなことに！」

「あなた、今はあんな地味で才能もないマーガレッタより、我が家の立て直しとオリヴァーとロゼラインのほうが大切でしょう！」

マーガレッタお嬢様が去ったランドレイ侯爵家は、坂を転がり落ちるように何もかもが悪化していきました。

「我が家の幸福は全部、マーガレッタの『みなさま』のおかげだったことを忘れたか！」

「『みなさま』？　あれはあの子の妄想だと、あなたは言っていたじゃありませんか」

「違う！　私たちはマーガレッタから『みなさま』を契約で借り受けていたんだ！」

「え……一体、どういうことですか！」

奥様は、マーガレッタお嬢様の秘密をやっと知ることになったのです。

多くの貴族は、家を継ぐ長男が生まれ、さらに長女がいた場合、血縁を広げるための駒として子供をもうけることが多いです。

ランドレイ家でもそれに則り、次女のマーガレッタお嬢様は『政略結婚の駒』として扱われておりました。

でも奥様には、それ以上にマーガレッタお嬢様に思うところがありました。

奥様は自分に似たロゼラインお嬢様は大層可愛がっておられたのですが、ランドレイ侯爵のお母君である大奥様に似たマーガレッタお嬢様のことを、可愛く思うことができなかったのです。

普段から何かと口うるさい大奥様を奥様は嫌っていらした。しかし奥様は大奥様に対して強く出られません。なにせ、嫁入りした先の母君ですから。

結局、奥様はマーガレッタお嬢様の子育てを放棄し、乳母《うば》と使用人にすべて任せてしまわれたのです。そしてマーガレッタお嬢様の子育てをする時間を、ロゼラインお嬢様を溺愛する時間としてすべて使われていたのです。

だからこそ、マーガレッタお嬢様の力に気づかず、今まで恩恵を被っていたことも知らずにマーガレッタお嬢様を嫌い、徹底的に無視していた、というわけでした。

「ま、まさか……あれにそんな力が？　そしてこの家の繁栄も、オリヴァーの優秀さも、ロゼラインの聖女の力も、全部マーガレッタの持っていた力のせいだったって言うの？」

「ああ……その通りだ」

奥様はぶるぶると震える声で呟き、旦那様はそれを力なく肯定します。

黙っていた奥様は、やがて体を震わせながら口を開きました。

「マーガレッタが結んだ契約が切れた……そのせいで、我が家と私の子供たとはこんな目に遭っているると言っているのね？」

「おそらく……間違いなく」

「あのお義母様に似たマーガレッタのせいで……」

マーガレッタお嬢様も貴女様の娘でしょうに、と言いかけて、それをぐっと呑み込み、私は奥様に視線を向けました。

奥様の目には、マーガレッタお嬢様を愛する気持ちなど一欠片《かけら》もなく、ただただ憎しみの炎だけが浮かんでいたのでした。

◆◇◆

「王よ、国境が魔物に襲われております！」

「き、騎士団はどうした！」

「もう動ける者がおりませぬ。特に、レッセルバーグ国方面よりわが国へ侵入する魔物の数が尋常ではないと報告を受けております、結界を！　聖女による結界を！」

「むう……」

国王陛下は次々と上がってくる悪い報告に、目を回しかけていた。宰相である私が目を通し、王の確認が必要だと判断したものだけで、こうなっているのだ。

唸《うな》るしかできないようだが、それでも王という身分にある。

重大事項の決定権はすべて王が持っている……私もなんとかしなければならないと思い、国王陛下と貴族たちを集めて緊急会議を開いたが芳《かんば》しくなかった。

「神殿より報告！　聖女ロゼラインは神聖力を喪失。国を守護する結界の張り直しは不可能であるそうです！」

「嘘だろう⁉」

「王国の東方にて大規模な森林火災が起こっております！　早く消火しなければ……」

「王太子ノエル様、ランドレイ侯爵家子息オリヴァー様、聖女ロゼライン様がお戻りです。足手まといは結構だと、王都付近より戻されました」

「足手まとい……？　どういう意味だ？」

「聖女が力を喪失？」

「意味が……意味が分からない！」

次々と起こる凶事に貴族たちは青くなることしかできない。これほど対応しなければならない事が多いと、私の手は回らない。

「ええい、誰か……何かいい案を」

次々と情報は入るが、中枢は何も決断できない。

その結果生まれるのは、混乱と恐怖のみで、やがて絶望に変わる。

「ノエル様が足手まとい？　そんなはずはない、騎士を呼べ！　今すぐ事情を聞く」

「そんなことをしている場合じゃないだろ!?　冒険者に報奨金でもなんでも出して魔獣討伐に行かせるべきだ！」

「貴様は王太子をなんだと思っているのだ！　あのノエル様がそのような無様な姿を晒《さら》すはずがない、何かあったんだ！」

数人の貴族が怒りにまかせて声を上げた。

彼らは特にノエル様と親しく、自分の娘を側妃にと推すものたちだった。報告した侍従は判断を仰ごうと私を見ている。

事実を見るのが一番早いかもしれない……私自身も本当にノエル様がそのような体《てい》たらくを晒《さら》し

たとは思いたくなかった。

「私が様子を見てきます、皆さんはこのまま会議を続行してください」

会議場で皆を見回して伝えると、頷くもの、思案するもの、ため息をつくものと反応は様々だった。私は、三人が休む部屋へ向かった。

王と王妃もついてきたが、お二人には会議室に残っていただいて、国難に対処していただきたかった……

国より自分の息子を心配とは。一国の王としての責任感はないのか。

平和な時であればいざ知らず、国に一大事が起きている今この時に、民衆や貴族たちに不信感を持たれるのは非常に困るのに、王にはそれが分からないのだろうか。

私は心の中でため息をつきながら、廊下を足早に進んだ。


「ちちうえ……ははうえ……」

「ノエル……オリヴァー君……ロゼライン嬢……」

久しぶりに出会った三人は、怪我はなかったものの酷く憔悴《しょうすい》していて、喋るのもやっと、という有様だった。

「王都を出てすぐ熊型の魔獣と出くわし応戦しました。なんとか騎士団が撃退いたしましました」

深々と頭を下げる騎士は満身創痍で、いたるところに血の滲《にじ》んだ包帯がとても痛々しい。

ノエル様とオリヴァー様、ロゼライン嬢は無傷だったので、その怪我を騎士の怠慢と叱責《しっせき》することは難しい。

「王国の騎士団は、弱くはなかったはずでは」

それでも私は、なぜこんなことになったのか、と騎士に問わなければならない。

「我々は最善を尽くしました。これ以上は無理です」

「なぜ無理と言えるのだ？」

「それはもちろん、宰相様ならご存じですよね？　この数年における騎士団員の大幅削減、経費の削減。両方とも十年前の一割以下なんですよ？　こんな少ない人数でこれほどの有事にどうやって対処しろと！」

「な、なぜそんなに少ないのだ⁉」

王は焦りを浮かべて声を上げたが、それを承認したのは紛れもない王自身だ。

「……十年間……この国にほぼ被害がなかったから……です」

国が平和であったとしても備えをしなければいけない、と騎士団から再三増員や予算増額の要請が来ていた。

しかしそれを全部突っぱねたのは……私だ。

たしかに経費の無駄だと言った。あれほどの結界があるのだから、騎士団に割り振る予算で保養所を作ったほうがいい、と言い実際に作ったはず……

「この国を今のこの騎士団だけで守るのは不可能です。団長も何度も申しております……早く近隣諸国に救援要請を送ってください。せめて癒やし手かポーションなどの薬を早急に配備してくださ

「い……うっ……！」

傷口を赤く滲《にじ》ませて騎士は訴える。その様子を王は眉を顰めて見下ろしている。

身を盾にしてお三方を助けた騎士をそのような目で見るとは。だが、それを窘《たしな》める暇などなかった。

「聖女ロゼラインよ、せめてその者に癒しの術を――」

「ひっ！」

王がロゼライン嬢に声をかけたが、ロゼライン嬢は短く悲鳴を上げた。

たしかに回復魔法は貴重だが、ここまで深手の騎士が目の前にいるのだから、回復魔法を施すのは妥当である。

聖女ならば一人と言わず、この辺り一帯にかけることも可能だろう。

それなのにロゼライン嬢は青褪《あおざ》めて、手足を亀のように縮めた。

「聖女ロゼラインよ……どうしたのだ……」

「も、申し訳ございません……で、できないのです……」

王に問われては答えないわけにはいかない。ロゼライン嬢はガタガタと震えながらとんでもないことを話し出した。

「わ、私……一切の魔法が……っ、使えなくなったのです……」

「なぜ!?　いつからだ!!」

たどたどしく答えた日付は、マーガレッタ嬢を追い出した翌日。ノエル様から輝きが消えた日と一致している。

「ま、まさか……ロゼライン嬢、そなた……マーガレッタから……」

驚いて声を荒らげる王に言われ、ロゼライン嬢はわあっと顔を覆い泣きだした。

なぜ今マーガレッタ嬢の話が出てくるのだ。

私は訳が分からず王とロゼライン嬢を交互に見る。

「私、私忘れておりました……私はマーガレッタから『みなさま』を借りたことであの力が使えていた、ということを」

ノエル様もオリヴァー様も青い顔のまま俯いている。

「私も……『借りた』んでした。全て、マーガレッタから……」

「私もでございます……全部自分の力じゃなかった」

王と王妃は、項垂れるノエル様とオリヴァー様から目を逸らした。

この二人は何か知っている。しかし王から聞き出すよりノエル様から情報を得たほうが早い。

「か、借りる？　ノエル様、一体何のことですか!?」

私の声は、すべてを失った者を断罪するように響いたのだろう。

この後、ノエル様が訥々《とつとつ》と語った十年前の契約の話に、私はパニックに陥りそうになった。

「い、今までのノエル様のお力も、ロゼライン様の神聖力も、オリヴァー様の剣技も……すべてマーガレッタ嬢から借りていた力であったと!?」

「それだけではない……この国を守護する力も、王宮の要石に借りておった」

私の顔色は間違いなく、青を通り越して土気色になっていることだろう。

「そんな貴重で重要な人物をこ、国外追放した……ですと?」

「……あの場には君もいただろう」

ノエル様による婚約者マーガレッタ嬢の断罪劇。たしかに私も見ていたが止めなかった。なぜなら私もそのほうが良いと思っていたからだ。

マーガレッタ嬢はとても平凡で地味な方だった。

それならば、金色の長い髪を颯爽と靡《なび》かせて、姿勢よく美しく歩くロゼライン嬢のほうが、凛々しく才気あふれるノエル様の婚約者として、さらには未来の王妃として適任だと常日頃から思っていた。

だから、あの日のとんでもない行《おこな》いを止めなかった。

マーガレッタという令嬢の名誉と将来より、国の安泰を選んだからだ。

しかし、なんとそれはすべて仮初《かりそめ》の姿であった。

有能なノエル様の実態は、無能な父の良くない点を全て引き継いだ無能王子だったし、キラキラ輝くロゼライン様はその実、聖女ではなかった。

二人とも人目を引く美しい方だと思っていたが、今はどうだろう……

俯いておろおろと涙を流す姿は醜悪さしか感じない。

それならば、毎日たゆまぬ努力をし、些細なことにもよく気がつき、たくさんの人に慕われるマーガレッタ嬢のほうが何倍も素晴らしい令嬢であり、王太子の婚約者にふさわしい人物だったのだ。

そのことに私はこの時やっと気がついてしまった。

「し、しかし！　借りていた力がなくなったというだけで、まるで別人ではありませんか。きっと借りていた力がなくなった以外の何かがあるのでは⁉」

自分でも変なことを言っている自覚はあった。

私はそう思いたかっただけなのかもしれない。しかし、それほど酷い姿だったのだ。

「それ以外の理由が分からぬのだ……。現にマーガレッタが力を貸し与えた十年前から、ノエルは素晴らしい王太子として皆に認められてきた。それが……」

今はどうだ、と言わんばかりに、王はノエル様を見つめた。

床に膝をつき、ただ自分の不甲斐なさを嘆き、自らの手で解決しようとは考えない……そんな無気力な青年にしか見えない。

「父上……お助けください。どうかマーガレッタに、もう一度私に力を貸し与えるように言ってください」

「しかし、ノエル。マーガレッタがどこへ行ったか分からんのだ。隣国へ渡ったということしか掴めていない」

「ならば隣国の王と話をして私たちにマーガレッタを返すように言ってください、お願いします、父上‼」

ノエル様はみっともなく、王の足に縋《すが》る。

ああ、こんな王太子の姿など見たくなかった。思わず私は目を背けた。

しかし王へ縋《すが》るのはノエル様だけではない。ロゼライン嬢とオリヴァー様もノエル様と同じように、床に膝をついたまま王の足に縋《すが》りつく。

「お願いします、国王陛下!! マーガレッタに戻ってくるよう伝えて、私にまた聖女の力を貸すように言ってください！」

「私からもお願いします!! 私がまたあの豪快な剣の力を振るえるよう、マーガレッタに言ってください！」

三人は王に懇願する。

彼らには自分で何とかしようという意思はまったく見られず、誰かに何とかしてもらうことしか考えていない。

……なんと情けない。

だが、このままでは一生王の足から離れないのではないか。それでは私も困るので、もっともな提案をしてみた。

「マーガレッタ嬢を連れ戻すことはこの国にとって大変正しいことだと思います。ですが、その役目はあなたたちが負うべきではありませんか？ マーガレッタ嬢が出て行ったのはノエル様とロゼライン様が裏切り、そしてオリヴァー様が後押ししたからなのですから」

「むっ無理ですっ！ 隣国に行くのに、またあの魔獣に遭ったらどうすれば!!」

「そうです！ あんな恐ろしい魔物がいる所になど行けません!!」

「騎士たちがあんなにやられているというのに、力を失った私たちが行けば、もれなく死んでしまいます！」

これがリアム王国の未来を担うべき若者の姿なのかと、私は絶望に満ちた視線で彼らを見下ろした。

「し、しかし、もとはと言えばお前たちが……」

「父上も止めなかったじゃないですか！」

もう責任を押し付け、罵り合う声しか聞こえない。

私は怪我だらけの騎士団員とともに、重く深いため息をつくしかなかった。

「マーガレッタ嬢を連れ戻すため、彼女がいるレッセルバーグへ人を派遣せねばならない。そのために至急回復薬が必要だ。誰か、冒険者ギルドと薬師組合を回ってポーションを手に入れてほしい」

会議室へ戻った私は、貴族たちに協力を仰いだ。マーガレッタ嬢が戻ってきてくれれば、この国難は何とかなると信じたのだ。

「宰相、何をおっしゃるのですか！　そんなことより山火事の件が先です」

「いいえ！　魔獣被害のほうが深刻です！」

「がけ崩れで川がせき止められています。早く対処しなければ決壊して下流に甚大な被害が！」

「それらをすべて何とかするために必要なことだ。早く行ってポーションをかき集めてこい！　王命である！」

「は、はい！」

私の鋭い声を聞き数人の貴族は飛び出していったが、残った貴族のほとんどはこう思ったようだ。

――使えない王の代わりにこの国を支える宰相もこのざまなのか。

しかし、マーガレッタ嬢によって繁栄がもたらされていたのなら、マーガレッタ嬢が戻れば国の繁栄も戻るはずだ。

だから、すべての労力をマーガレッタ嬢を捜すことに振り向けたのだ。

……しかし私も忘れていた。

努力をしない者に向上はない。

そして、私もマーガレッタ嬢のもたらした平穏の上に胡坐《あぐら》をかいており、大した努力もなく、この座についたことを。

マーガレッタ嬢が戻るまでに起こる災害は、私たちが手を打たねばならない。私は会議場に残っている貴族たちを見渡す。

「して、私がいない間、議論に進展はあったのですか？」

「そ、それが……」

驚いたことに、答えは何一つ出ていなかった。

ふう、とため息をつくと、どこからか声が上がった。

「たしかデリング伯の領地では山火事が起こりやすいと聞いたことがあります。普段、デリング伯はどのように食い止めて――」

「デリング伯は火急の用があると屋敷へ戻られましたが……」

その声のあと、一瞬の静けさが会議場に訪れる。

すぐに別のものが声を上げた。

「そ、それならば、ゴルグ伯の領地には大きな川がありましたな？」

「……ゴルグ伯も、どうしてもやらねばならないことがあると……」

「ま、魔獣被害がよく報告される森林ならアスタン侯爵が保有して……ま、まさか……」

「……いらっしゃいません……」

呆然と周囲を見回すと、最初に集まった貴族たちのうち、四分の一はいつの間にか会議室から姿を消していた。

この重大な時に、どうして勝手にいなくなっているのか!!

「ま、まあ……用事が済み次第、この会議室に戻ってこられるはずでしょう。彼らが戻られたら対策を聞きましょう！」

「そ、そうじゃ、そうだな！　この国家の一大事に席を外すなどと……」

「まったくですな……はは、ははは……」

そして気がついてしまった。

姿が見えなくなった貴族のすべてが、評価の高い貴族なのだ。

真に国と領地のことを考え、身を削りながらも領地を守り、領民から人気が高い貴族たち。そんな貴族たちがこぞって立ち去っていた。

「す、少し……席を外させてもらいます」

きっと自身も気づいたのだろう。顔を蒼白にしたある公爵が席を立つ。

「私も、少し外の空気を吸ってきます」

一人、二人とその数が増えていく。

私はそれを、目を細めて見つめた。

「貴公ら、どこへ？」

「は!?　え、ええ……少し、用を足しに」

そう言って貴族たちは次々と会議室から出て行く。そうして、もう戻ってこなかった。

どうやら、一目散に城を出て、家財をまとめ冒険者を雇い、安全な領地や、ひどい場合には何もかも捨てて隣国へ逃げたようだった。

人が減った会議室を再び見回し、私は頭を抱えるしかなかった。


私自ら市井《しせい》の店を回ることになるとはと思ったが、薬の用意を任せていた者が何の成果も得られずに戻ってきたので仕方がなかった。

マーガレッタ嬢をこの国に取り戻す、という重大任務の準備なのだ。できなかったでは済まされないのだ。

私は増え続ける会議の合間をぬって、供を連れて王都にある薬師ギルドをすべて回る。

しかしその惨憺《さんたん》たる結果に、怒りと呆れを覚えるしかなかった。

「ポーションですか……申し訳ありませんが、在庫の全てを貴族の方が買い占めてしまい、私の手元には一つもございません。定価の五十倍でもいいからあるだけ売ってくれと言われ、売ってしまいました」

「な、なんだと⁉　これは王命だぞ！」

王命を振りかざされても、ないものはない。薬師ギルドのギルドマスターは困り果て、頭を下げるのみだった。

ギルドマスターが話すには、少し前から馬鹿みたいに貴族連中が押しかけて、ポーションをあるだけ寄越せと言ってきたそうだ。

あまりの必死さに、五十倍という通常では考えられないような価格を提示したものの、その価格に怯《ひる》む者はおらず、全員がその価格で買っていったという。

商機と思い店の在庫を全部売り払ってしまった、と大汗をかきながらギルドマスターは私に頭を下げた。

薬師ギルドにないのであれば、どこにあるというのだろうか。

眉間を指で押さえながら考えていると、ギルドマスターが頭髪の薄くなった頭の汗を拭きながらおずおずと提案してきた。

「な、ならば卸元はどうですか？　毎週ランドレイ侯爵はかなり良質なポーションを持ってきてくれます。あの方の所になら在庫があるのではないでしょうか？」

普通、卸元の事を顧客に話すことはない。

ですが王命とあらば、とギルドマスターは言った。

「なるほど、そこならあるかもしれん。行ってみよう」

私たちは薬師ギルドを出て、ランドレイ侯爵家に向かった。


ランドレイ侯爵家に着くと、当主ランドレイ侯爵の怒鳴り声が聞こえてきた。

「クビだクビだクビだあああああ！」

「ひ……ひいいっ！」

扉を叩いたものの執事の出迎えはなく、痺れを切らした我々が玄関の扉を開けると、使用人たちが逃げまどっている所だった。

何かが割れる音が聞こえ、ランドレイ侯爵の怒声が響く。

「ひ、失礼させていただきます!!」

あまり大きくない荷物を手に、使用人たちは我々の横を次々にすり抜け、転がるようにして逃げていく。

何が起こったのか分からず呆気にとられたが、我々は使命を果たさねばならない。

怒声のもとを探しあてて、その人物のいる部屋に入った。

「ランドレイ侯爵、王命でございます」

「何用かっ……お、王命!?」

部屋の奥から顔を真っ赤にしたランドレイ侯爵が出てくる。鼻息荒く睨みつけているが、我々には職務がある。

「王命により、ポーションを必要としております。お持ちであれば国のため、提供してもらいたい」

「ポーションならば売るほどあるが……いかほど必要か？」

「あればあるだけ」

私の言葉にランドレイ侯爵は気を悪くしたようだが、なぜなのかわからない。こちらには何の非もないはず。

「……地下の保管庫です。どうぞこちらへ」

小太りの侯爵は部屋を出ると廊下を進む。その後ろについていくと、大きな地下への扉が見えてきた。

豪奢な鍵が束のようになったそれから、一際大きな鍵を取り重々しく扉を開けると、巨大な地下保管庫だった。そこにはポーションが山のように保管されていた。

毎週薬師ギルドや冒険者ギルドに卸したとしても、一年分以上はあるのではと思うほどの量が備蓄されていた。

異常とも呼べるポーションの量に呆気にとられてしまう。

運ぶだけでもどれだけ馬車が必要なのだろうか。だが、王命なのだ。街の馬車を総動員しても運ばねばならない。

すぐに応援の人員を呼びつけ、私は急いで保管庫からポーションを運び出す。

一体どれだけの薬師をこき使って、これほどのポーションを作らせたのだろうか。

これを作った薬師に同情を禁じ得ないが、今は助かった。これで当面の危機にも、そしてマーガレッタ嬢を取り戻すための旅にも十二分に間に合うだろう。

すべてのポーションを馬車に積み終えた時にはすでに夜になっていた。ここから王城まで瓶が割れないように運ぶのも一苦労だが、やるしかない。

「ほ、本当に全部……。し、してお支払いは……？」

「追って沙汰する」

「え？　あ……はい……」

ランドレイ家の地下にあった巨大な保管庫はほぼ空になり、何台もの荷馬車が連なって王宮へ動き出した。

あれほどあった大量のポーションは一枚の紙きれに変わり、ランドレイ侯爵はそれを見ながらブツブツ呟いている。

ポーションを運ぶ荷馬車の後から、私たちの馬車もランタンを下げて城へ戻る。

振り返ったランドレイ侯爵の屋敷は、侯爵家にあるまじき暗さだった。

先ほどの騒動を見るに、使用人が少ないのだろうか。とはいえランドレイ侯爵家のことはランドレイ侯爵がなんとかするだろう。

我々は無事にポーションを届けることを第一に考え、慎重に戻ってゆく。

これだけのポーションがあれば、この危機を乗り越えられると信じて。

◆◇◆

俺を頼ってやってきたランドレイ侯爵家の元使用人を、冒険者ギルドでまた拾った。

「カールさん、またですよ」

「わかった。おいあんた、レッセルバーグには歩いて向かう事になるから頑張れよ」

「はいっ」

当初は街暮らしの使用人たちだから、歩いてレッセルバーグへ向かうのは難しいかもな、と思っていたが、こいつらは中々根性がある。

『このお金を持って冒険者ギルドへ行きなさい。そこに双大剣のカールという冒険者がいます。彼が隣国にお逃げになったマーガレッタお嬢様の所まで、あなたを連れて行ってくれるはずです。辛い道中になるでしょうが、お嬢様のもとまで頑張って逃げるのですよ』

ランドレイ家を追い出された使用人たちは執事長にそう言われたのだという。

そうして元使用人たちは皆冒険者ギルドへ行き、俺と一緒にこの国を出て行く。旅なんてしたことのない連中だが、途中で脱落するものは一人もいない。

「マーガレッタお嬢様に会えるぞ」

口々にそう言い、励まし合って歩いていく。

お嬢さんに会えるという希望があるから、辛い山道も頑張れるのだ。そうやって頑張る姿を見ていると、こちらも無事に送り届けてやろうと思える。

「なー、カールさん。そんな安い金額の護衛依頼なんかより、王宮から美味しい依頼が来てるよー？　こっち受けたらどうだい？」

冒険者ギルドの職員が最近張り出された王宮の依頼書をピラピラと振った。たしかに金額は破格だし、ポーションも大量支給と書いてある。

しかし俺は首を横に振った。

「馬鹿言うな。俺たち冒険者は、頼まれた依頼を断らず、きちっと最後までやり遂げてナンボなんだよ。分かんねえのか、信用商売ってやつがよ！」

「はぁ～……真面目だねぇ」

「この世界で長くやりたきゃ、見る目と信用を育てな！」

「へぇーい」

ギルド職員は不満そうに返事をしたが、俺は王宮の依頼が『美味しい依頼』だとは到底思えなかった。

美味しそうに書かれてはいるが、おそらくアレには裏がある。

本能がそう言ってるし、冒険者の誰もがアレは受けるべきではないと噂している。割の合わない仕事を押し付けられて、使い捨てにされる気がする。

「あと、俺はお兄ちゃんだからな！　可愛い妹のために頑張るんだよ」

「え、カールさんに妹がいるんですか？　やっぱカールさんみたいに筋肉ムキムキでおっかないんっすか？」

「馬鹿め。俺の妹は細くて小っちゃくて、薬作りが大好きで、頑張り屋さんの可愛い子に決まってんだろ！」

「うっそだー！」

「なんだとー!?」

ゲラゲラ笑うギルド職員の頭をゲンコツで軽く叩く。

元使用人たちは俺たちのやり取りに、顔を見合わせて微笑んだ。

「カールさん、『妹』さんはお元気でしょうか」

「ああ！　こないだも何かポーションを煮詰めてぐにぐにしたものを楽しそうに作ってたぞ。ありゃなんだ？」

「ぐにぐに……お嬢様らしいや！」

きっと俺が言う『妹』は自分たちが会いたいお嬢様だと気がついたんだろう。

あれだけで気がつくなんて、こいつらギルド職員より人を見る目があるな。

旅支度を整えた俺は元使用人たちを連れて、通い慣れつつあるレッセルバーグへの道を歩き出した。数人の冒険者が同行すると言ってくれたおかげで楽な旅になりそうだ。

そして不思議なことに、ここ最近はまったく魔獣が襲ってこないのだ。

いつもならレッセルバーグに着くまでに何度か魔獣と戦うのだが、元使用人たちをレッセルバーグへ連れていく旅では、一度も危険な目に遭ったことがないのだ。

「やっぱり加護のおかげかねえ……？」

不思議に思ったが、安全なのはいいことだ。

俺はレッセルバーグ国を目指して歩き続ける。

俺の後ろで「素人に危険な旅はさせられないからな」と誰かが囁いたような気がしたが、後ろを振り向いても特にその声の主は見つからなかった。

◆◇◆

旦那様は私が止める間もなく大量のポーションを王宮へ納めました。しかし後日、届いた王宮からの手紙を読み、旦那様はみるみるうちに真っ青になりました。

一体何が書かれていたのでしょうか……

旦那様はしばらく呆然としたのち、手紙を持ってきた王宮からの使者に向けて、わなわなと口を震わせました。

「は、払えない？　どういう事ですか……」

「この国家の危機にランドレイ侯爵は何を言っているのか。貴族ならば協力すべきだろう。それに払わないわけではない」

「し、しかし金額が低すぎます!!」

「だから正規の値段を支払うと言っている」

使者の言っている金額はたしかに正規の値段です。

しかし旦那様が納得できる訳はないのです。

「馬鹿な！　マーガレッタのポーションは普通のポーションの二十倍の価格でも買い手がつくのですぞ！」

旦那様は食い下がりますが、使者にその返事をする権限はありません。

使者は旦那様に冷たく一瞥するなり「言いたいことがあれば宰相様へお願いします」と突き放し、旦那様は怒りで体を震わせることしかできませんでした。

使者が帰ったあと、旦那様は大声で叫び、座っていたソファを拳で殴りつけます。

「何という横暴、何という屈辱、そして何という大損害！　そうでなくても我が家は今、マーガレッタがいないせいで恐ろしい負債を抱えようとしているのに！」

旦那様の言い分も分からなくはございません。

今現在、薬師ギルドからありとあらゆる薬の在庫が消えているようです。

マーガレッタお嬢様が作ったポーションは、元の価格の百倍の値段を出しても手に入らない貴重な品となっております。

いざとなれば、大量にあるポーションを売り捌《さば》けば何とかなる、と旦那様は思っていらっしゃったのでしょう。

しかし王家にマーガレッタお嬢様のポーションをタダ同然で持っていかれるとは、想定外だったのようです。

しかしそれは、人手不足のせいで家の仕事に手をかけていて同席しなかった私の失態でもあります。

旦那様は顔を真っ赤にして「すぐさま抗議の手紙を持って宰相へ会いに行かねばならない、支度せよ！」と叫んでいますが、手の空いたメイドはほとんどおりません。

すべての仕事を中断して使用人総出で旦那様と奥様のお支度を手伝っていると、館の前に馬車が一台止まり、オリヴァー様とロゼラインお嬢様がエドワードを伴ってお戻りになられました。

馬車は三人を降ろすとすぐに行ってしまい、憔悴《しょうすい》した三人に何があったのかを説明してくれませんでした。

ノエル様と魔獣討伐に出かけられ、数日は帰らないはずのオリヴァー様。

神殿へ聖女の仕事をしにでかけたロゼラインお嬢様と、それについていったエドワード。

行き先が違う三人がなぜ一緒に帰宅されたのか。

さらに三人――とくにオリヴァー様とロゼラインお嬢様の表情はどんよりとして、今にも死にそうな顔つきをしておられました。

「オリヴァー！　ロゼライン！　私の可愛い子供たち、怪我をしたの？　大丈夫!?」

奥様は着替えを中断して心配そうにお二人を出迎えましたが、暗く沈んだ二人の心を慰めることはできなかったようで、お二人の表情は暗いままでした。

「お母様、怪我はしておりません……」

「大体、ロゼラインがいけないんだ……なんでノエル様の婚約者になろうなんて思ったんだ。ノエル様はマーガレッタの婚約者だったのに」

「うるさいわよ、お兄様！　あんなに素敵な王子様だったんですもの、マーガレッタにはもったいないじゃない！」

玄関の扉が閉まるか閉まらないかのうちに、兄と妹による醜い罵り合いが始まりました。

私はドアの傍にいたメイドに合図をして素早く扉を閉めさせます。これは侯爵家の外に聞かせていい話ではなさそうです。

「はっ！　聖女が聞いてあきれる。妹の婚約者を奪うなんて汚い女だ」

「お兄様だって勧めたじゃない！　マーガレッタより私のほうがノエル様に似合うって」

「真に受ける奴がいるか？　最低女だよ、お前は」

「お黙りなさい！　私ばっかり責めるけど、お兄様だって同罪なのよ」

私を含めた使用人一同、そして旦那様と奥様も、お二人の激しい言い争いに度肝を抜かれて立ち尽くしてしまいました。

お二人に何があったのかはわからないのですが、マーガレッタお嬢様に関わることだということだけは分かりました。

しばし呆然としていた旦那様でしたが、やがてお二人に負けじと声を張り上げます。

「黙れ、二人とも！　それよりも領内の立て直しを考えろ！」

玄関の喧騒は一瞬だけ鎮まりましたが、お互いに向かっていたお二人の怒りは向きを変え、旦那様に向かったようでした。

「領内のことはお父様のお仕事でしょう！　今まできちんとやってらしたんだし」

「そうですよ、父上。私たちはマーガレッタのせいで大変な目に遭っているんです。マーガレッタのせいで、使えない、無能と言われ続けて酷い扱いを受けたんですよ！　領地のことなんて構っている余裕なんてないんですよ！」

その言葉を聞いて、長くランドレイ侯爵家に務める使用人は納得していますが、最近ランドレイ家にやって来た者たちは首を傾《かし》げました。

エドワードはすべて知っているのでしょう。暗い顔のまま、お二人から視線を外して、ただじっと黙ったままです。

「お前たちの力だけでなく、我が家の繁栄もマーガレッタの『みなさま』のおかげなのだ。分からんのか」

苦虫を噛み潰したような顔で呟く旦那様に、オリヴァー様とロゼラインお嬢様は目を剥《む》いた。

「は⁉　またマーガレッタなの⁉」

「嘘だろ、マーガレッタがいなくなったせいなのか⁉」

「そうだ、お前たちがマーガレッタをこの家と国から追い出したから、こんなことになったんだ！どう責任を取ってくれるんだ、このバカ息子にバカ娘が‼」

頭から血が噴き出すのではないかと思うくらい、旦那様の顔が真っ赤になりました。怒鳴った相手がマーガレッタお嬢様なら、すぐに涙目で頭を下げたでしょう。

しかしオリヴァー様とロゼラインお嬢様は、そんなことなどなさらない。ご自身の責任とは思わず、他人にすべて押しつけることでしょう。

「お父様が悪いのです！　お父様がマーガレッタをぞんざいに扱うから、あの子はランドレイ家には要らない子だと思って出て行ったのですよ！」

「ロゼライン、お前は血の繋《つな》がった妹をいらない子だと思っていたのか。お前はそれでも姉か！　私の娘か！」

旦那様の苛立ちは高まっていきます。

旦那様は元々、女性は黙って当主に従っていればいいと思っている方です、多分ロゼラインお嬢様が口答えするのを腹立たしく思っているのでしょう。

顔を顰める旦那様を見て、ロゼラインお嬢様は旦那様の後ろで真っ青な顔をしている奥様に矛先を変えました。

「でもお父様とお母様はマーガレッタを愛していなかったわ！」

「そ、そんな……そんなことないわよ、私はマーガレッタを愛して……」

奥様は声がどんどん小さくなっていきます。

——愛していたのか。

マーガレッタお嬢様に対して、愛など感じなかったと気がついたからでしょう。

私も奥様のマーガレッタお嬢様に対する態度は、いつも疑問でした。自分の血の繋《つな》がった娘にあれほど敵愾心《てきがいしん》を持つ母親がいるのかと、常々感じておりました。

……マーガレッタお嬢様は常に、奥様に愛されたいと願っていたのに。

「私だって、マーガレッタは父上と母上から愛されていないと気がついていましたよ。あいつだけ髪の色が違うし……何か理由があって引き取った子供なんでしょう？　そうでなければ仕事を押し付け、夕食にも呼ばないなんて、そんなことをするはずがない！」

「違うわ……マーガレッタは正真正銘、私の子供よ。マーガレッタが産まれた時、あなたたちもいたでしょう？」

オリヴァー様とロゼラインお嬢様は顔を顰めます。

私の記憶でも、マーガレッタお嬢様は正真正銘、奥様の実子で、オリヴァー様とロゼラインお嬢様の血の繋《つな》がった妹です。

マーガレッタお嬢様がお産まれになった時、お二人がそこにいらっしゃって、産まれたばかりのマーガレッタお嬢様に挨拶をしたことも覚えております。私もあまりの可愛らしさに目を細めたものです。

オリヴァー様とロゼラインお嬢様は思い出したのでしょう。

一瞬目を瞠《みは》りましたが、誰かのせいにしなければ心を保っていられないのでしょう、旦那様と奥様に食ってかかりました。

「……じゃあどうして、マーガレッタは子供の頃から仕事をさせられていたの？　おかしいわよね。私たちは外で遊んでいたのに、マーガレッタだけ部屋に閉じ込められてポーションを作っていたわ。それもうんと小さい時から……自分の娘にそんなことさせるはずないわよね、お父様。やっぱりマーガレッタは違うんでしょう？」

「そ、それは……」

旦那様は言葉に詰まりました。

マーガレッタお嬢様はなぜそんなに働かされていたのか。

――それはお金になったからです。

マーガレッタお嬢様は、薬神様に愛されたポーション作りの天才で、普通の子供ができるはずのないポーションの調合をやってみせたのです。

『おとうさま、できました』

『そうか』

マーガレッタお嬢様にしてみれば、父親の気を引きたい一心だったのでしょう。

その頃、腰を痛めて寝込んでいた私や、怪我の治療費が払えなかったメイドのために、マーガレッタお嬢様は有り合わせの薬草でポーションを作って、私たちに与えてくださいました。

それをたまたま知った旦那様は、簡易な製薬器具をマーガレッタお嬢様に与えました。

『やってみろ』

『は、はいっ！』

旦那様が見ている中、マーガレッタお嬢様は張り切って取り組み、無事ポーション作成を成功させました。

旦那様がそのポーションを薬師ギルドに持ち込むと、買取価格が非常に高い良質ポーションとして売ることができたそうです。

ですが、それに味を占めた旦那様は、より大金を欲したのです。

『ポーションは金になる！　マーガレッタに作らせよう』

そうしてマーガレッタお嬢様は、旦那様に言われるがままに毎日ポーション作りをさせられたのです。

もちろん、やりたくないと嫌がった日もありました。しかし旦那様に説得されて、マーガレッタお嬢様はポーションを作成なさいました。

『マーガレッタ、分かるだろう？　うちには今お金がない……助けてくれマーガレッタ。マーガレッタのポーションを売れば何とかなるんだ、お前は私たちを助けてくれるだろう？』

『わたしがおとうさまをたすけられるのですか⁉』

『そうだとも、マーガレッタだけが頼りなんだ。愛しているよマーガレッタ』

――頼りにされ、愛されている。

ご両親に愛されたかったマーガレッタお嬢様は、それだけを心の支えにポーションを作り続けました。

私たちが休憩を促しても首を横に振り、疲れた笑顔を浮かべてこうおっしゃいました。

『だってランドレイけのためになるでしょう？　おとうさまもおかあさまも、みんなわたしががんばれば、たすかるのでしょう？』

ランドレイ侯爵家は、当時もそこまでお金がない貴族というわけではありませんでした。

マーガレッタお嬢様がたくさんのことを我慢してポーションを作る必要はなかったはず。

——それでも旦那様は、マーガレッタお嬢様にポーションを作るよう言い続けました。

あのポーションの在庫は、マーガレッタお嬢様が家族に好かれたくて必死になって作り続けた、思いの丈がこめられたものだったのです。

ぽつぽつとまるで許しを請《こ》うように語る旦那様を見て、他のお三方は目を吊り上げました。

「つまり父上はマーガレッタを騙《だま》して、ポーションを作らせ続けていたのですか⁉」

「あなた、それは本当なの⁉」

「お父様酷いわ！　マーガレッタだってポーション作りなんてしないで、私たちと遊びたかったはずだわ。ノエル様が我が家にお越しになっていた時もマーガレッタはポーションを作らされていたなんて！」

旦那様は顔を真っ赤にして言い返します。

「お前たちもその金で贅沢をしたではないか！　アイリス、ロゼライン。お前たちの無駄に豪華なドレスは誰の金で買ったものか⁉　オリヴァー、お前の腰の剣は誰の金で得たのか！」

お三人とも、うぐっと声を詰まらせます。

美しい刺繍《ししゅう》がこれでもかと入った、王都で一、二を争う王家ご用達の超有名店のドレスに、細かな細工が施された見栄えのする王家ご用達の刀工の剣。

どれも超一流のものばかりで、ドレスと剣にかかった金額で一般庶民ならば何か月も暮らせるでしょう。

普段使いするには、装飾が過剰なものばかりです。

「あ、あなただって、その大きな宝石のついた指輪やネクタイピンも、かなり高価なものでしたわよね⁉」

「う、うるさいうるさい！」

たしかに旦那様の大きな赤い宝石が嵌《は》った指輪も、王家ご用達の宝飾店で買い求めたものです。

ランドレイ侯爵家の方々は、互いにまくし立て合い、一触即発といった様相でした。

ですがこんな状況でも、旦那様には領地の問題に対する解決策を出していただかなければならないのです。

「旦那様、皆様方。領地はいかがいたしますか？　このまま手をこまねいていても、被害は広がるばかりです」

「お願いします、早急にご決断を！　決まり次第すぐに領地に戻って、人手を募らなければなりませんので！　お願いします！」

領地からの使者も青い顔で待ち続けます。

しかし旦那様がおっしゃったのは、非情な言葉でした。

「ええい、こんな時にそんな面倒なことを……誰かなんとかしろ！」

使者は血の気を完全に失ってしまいました。

それと同時に、オリヴァー様がぽつりと呟きました。

「……父上、マーガレッタだよ。マーガレッタさえ戻って来たらいいんだ。そうだろう？」

「そうよ、あなた。マーガレッタがいなくなって起こったことなら、マーガレッタが戻れば元通りですわ」

奥様もオリヴァー様に追随した。

「そ、そうね、そうよね。そうしたらまた私は聖女に戻れる。ノエル様にはやっぱりマーガレッタが似合うわ、そうよ、それがいいわ」

「た、たしかに！　そうだ、マーガレッタが戻れば問題はない！」

ランドレイ侯爵家の方々は、素晴らしい解決案を思いついたとばかりに叫び始めました。

さすがの私も、馬鹿げた結論に呆気にとられました。この方たちは本当にそんなことができると思っているのでしょうか？

「え……あそこまでされたマーガレッタ様が……戻る、のか？」

真っ青なままのエドワードも首を傾《かし》げています。

誰もがエドワードの意見に賛同するだろうし、私も同意見です。

それに私は冒険者のカールさんから、マーガレッタお嬢様のことをほんの少し伺っております。

隣国で保護してくれる方がいて、薬師として自由な活動を始められたそうです。

そんな中、再びがんじがらめの侯爵家に戻ってこられるのでしょうか……

「そうだ、マーガレッタさえこの家に戻り、また『みなさま』を我々に寄越せば問題はすべて解決する。そしてタダ同然でくれてやったポーションも、また作らせればいい！　昔よりマーガレッタの製薬技術は上がっているからな、空になった倉庫などまたすぐに満たせるはずだ。たしかあいつは、隣国へ逃げたと言っておったな……」

旦那様は嬉々として策を立て始め、ご家族の皆様も笑顔で頷いている。

「王家から護衛を借りよう、あれだけポーションを提供した我が家の願いを無下にはできぬはず。さっさとレッセルバーグへ向かい、マーガレッタを連れ戻そう」

「その通りだわ！」

呆気にとられる私を他所に、旦那様は次々と指示を出します。旦那様はこういった時だけは素早く動くのですね……

「領地はしばらくそのままにしておけ！」

「そ、そんな！　旦那様!!」

「なあに。多少被害が広がろうとも、マーガレッタさえ戻ればすべて取り戻せる。人が多少死のうが工場が焼け落ちようが、マーガレッタの『みなさま』さえいれば金はすぐ戻ってくる！」

旦那様は乱暴に言い放ちます。

……なんと非道な、人の命をなんだと思っておられるのか。

「エドワード！　私たちは王宮へ行く。早く支度をせい！」

「え？　あ、は、はいっ！」

戻ってきたばかりのエドワードを急かし、旦那様はご家族を伴って王宮へ行かれました。見送っていた私と使者の目など、旦那様は見もしないでしょう。

「……仕方がありません。人命を最優先にしてください。お金は……あの様子ですとおそらく、出すことができないでしょう」

「わかり……ました」

私たちはすべてを諦めて、ほんの少し宙を見上げます。

「マーガレッタお嬢様。この窮状を知ったら、あなたは帰ると言い出すのでしょうか……お願いです、そんなことはなさらないでください。この家に、この国にあなたの幸せはない。お願いです、絶対に戻らないでください」

私がそんなことを天上にいるという神に願っているとはつゆ知らず、旦那様たちは青く晴れ渡った空の下、王城へ急いだのでした。

◆◇◆

私とイグリス様は小さな謁見の広間——国王陛下が会うほどではないが、公式に客と会うための場所——でリアム王国ランドレイ侯爵家の方々と顔を合わせておりました。

それなりに広さがあり、ほんの二、三段高くなった位置に椅子を設け、そこにイグリス様は座っており、私は彼の後ろに立っております。

壁際には衛兵を配置し、いつでも動けるよう、神経を尖らせておりました。

「こちらの国で拘束されている我が娘、マーガレッタ・ランドレイの解放を求める！」

ある日突然、リアム王国の親書とやらを携えてやってきた、マーガレッタの家族という者たち。

こうなることを予想してはいたものの、そうなってほしくないことほど、現実になるものなのですね……

私とイグリス様がその者たちと話しましたが、さしもの私も、微笑みの仮面にひびが入り、頬が引きつるところでした。

「さぁ早く！　マーガレッタを返してもらおうか！」

「ランドレイ侯爵。あなたは我がレッセルを侮辱しているのですか？　この国にマーガレッタ・ランドレイなどという女性はおりません」

「嘘だ！　マーガレッタはこの国に来ているはずだ!!」

イグリス様は平然となさっているけれど、相当苛立っているようです。

近くで見ないとわかりませんが、微かにこめかみが震えております。

しかしこれは今に始まったことではありませんでした。

そもそも、この者たちは王宮にやってきた時から大変横柄で、侮辱的でした。

彼らが訪れた時間は、日が地平線に現れたくらいの早朝。こんな時間に王宮へ押しかける馬鹿な貴族など我がレッセルバーグにはおりません。

さらには国境を通る際にも騒ぎを起こしたらしく、ランドレイ侯爵という隣国の無礼な貴族が王宮を目指しているため気をつけるように、と国境警備隊の隊長から連絡がありました。

正式な親書を持っていなければさっさと追い返すところですが、リアム国王の親書を持っていたため、仕方なく国境は通したようです。

その報せを聞いた私とイグリス様は思わず頭を抱えたほどです。リアム王国へ抗議の手紙をさっそく用意しなければ、と二人でため息をつきました。

もちろんそんな者たちを国王陛下に会わせる訳にはいきませんから、私とイグリス様がこの者たちに対処することになりました。

それでもあのマーガレッタの家族です。それなりの常識は持っているだろうと思っていましたが、そんな希望などすぐに打ち砕かれ、呆れ果てるしかありませんでした。

他国から来る客は道中で身なりを正し、先触れを出し、適切な時間にやってくる、というのがどこの国でも常識です。

さすがにそれくらいの常識は守るだろう、と私たちは思っていました。

しかし、汚い旅装のまま親書を盾に無理やり王宮の門を開けさせた、という報せを聞いた時に、私とイグリス様の方針が確定しました。

――この者たちに容赦などいらない。

私たちはことさら時間をかけ入念に『準備』し、苛つかせるためにわざと待たせました。

彼らは私たちを待つ間、王宮を食堂と勘違いしていたようです。メイドや衛兵から苦情がたくさん届いたのですが、「朝食は出ないのか」と聞かれた、という報告には呆れて笑うしかありませんでした。

「なんというか……会う前からマーガレッタさんに同情しているよ。なぜああなのかな？」

「よく分かりませんが、マーガレッタが無理やりこの国に引き留められていると思っていて、正義が自分たちにあるとでも思っていらっしゃるのではないでしょうか」

イグリス様は頭が痛そうなご様子だけれど、それは私も同じこと。ですが、彼奴《きゃつ》を追い払わなければいけません。

「まあ上手いことやりましょうか、婚約者殿」

「もちろんですわ。しかし追いつめられたネズミは猫を噛むもの。お気をつけあそばせ」

「私の目には、あれはネズミ以下に見えるが……そうだね、用心しよう」

イグリス様と私は国のため、弟の恋のため、可愛い義妹のため、気合を入れて無礼者たちが待つ広間へ向かいました。


私は改めて、小さな広間に集まった四人の風貌を確認します。

どれほど急いだのか知らないけれど、服は全員皺だらけで、髪もぼさぼさ。

侯爵夫人もさることながら聖女と呼ばれていた姉らしき女性は化粧崩れも酷い。メイドの個人的に持っている化粧品まで奪おうとしたという話は後々まで伝わるでしょう。

よくもまあそんな顔で他国の王族と謁見しようと思うものです。呆れを通り越して笑ってしまいそうです。

「さっさとマーガレッタを返していただこう！」

「返すも何も、マーガレッタ・ランドレイという女性はこのレッセルバーグ国にはいないと、先ほどから何度も言っております。リアム王国ランドレイ侯爵、あなたは王太子である私が嘘をついていると？」

「そ、そんなことは……」

あれだけ横柄で粗野だったのに、こちらが強く出れば引っ込むのですね。

この程度の脅しに屈するのか、と私は苦笑いを噛み殺しました。

つまりこの男は弱い者、メイドや衛兵にはとことん強気で出られるのですが、自分より強い者には歯向かうことすらできないようです。

「父上、しっかりしてください」

「お父様、マーガレッタを取り返さないと！」

「わ、分かっておる！」

マーガレッタの父親だというランドレイ侯爵は、後ろに控える子供たちにせっつかれております。

知識も三流、話術も三流。

素直で優しいマーガレッタの家族ならば、長所が一つくらいあるだろうと思うものの、それもまるで見つかりません。

マーガレッタの優しい性格は、使用人たちや『みなさま』との会話で育まれたもののようです。

衛兵たちは、イグリス様との少ないやり取りで、ランドレイ侯爵が尊敬には値しない貴族の風上にもおけぬ危険人物だと気づいたようで、いつでも抑えられるよう準備をしているのが、とても頼もしい。

そんな睨み合いの中、侍従がやってきて、真打の登場を知らせてくれました。

「殿下、グラナッツ・ナリスニア翁のご到着でございます」

「通してくれ」

侍従が頭を下げて出ていく中、イグリス様と私は頷きました。

過去を清算し、未来を見据えるために立ち上がった少女。私たちは彼女を助けようと、お節介を焼くことに決めたのだ。

「さて、ランドレイ侯爵とやら。あなたがあまりに騒ぐので、もしや、と思う女性にわざわざ来てもらったよ。わが国の大切な方なので、くれぐれも粗相のないように頼むよ。無礼を働こうものならただでは済まぬことをご理解いただきたい」

芝居がかったことを話すイグリス様は釘を刺すのも忘れません。

すべてに向き合おうと勇気を出した彼女のために、私たちは最高の舞台を用意したのです。

広間の扉が開き、グラナッツ翁が数段めかしこんだ礼服で現れました。

今日は人のいいお爺ちゃんの顔を覆い隠して、わざと眉間に皺を寄せて、昔の厳しいグラナッツ翁を思い出させる表情です。

この狸お爺ちゃんには、これまで私も幾度となく悔しい想いをさせられましたが、味方にすると恐ろしく心強いとても優しい方です。

「おはようございます、殿下。この隠居の爺の可愛い孫娘に御用があると伺いまして、取り急ぎ参りました。私はともかく、孫はなかなか多忙の身でございますから、下らぬ話であれば早々に下がらせてもらいますぞい」

「はは、さすが手厳しいなグラナッツ翁は。なぁに話は早いさ。そちらにいる隣国の御客人が、ナリスニア公爵令嬢のことを『マーガレッタ・ランドレイ』ではないかと疑っているようでな。真偽のほどをと思ったのさ」

芝居がかった二人のやり取り。

しかしあの一家は、グラナッツ翁の後ろに控えているマーガレッタに目を奪われているようでした。

「殿下。たしかに我が孫の名はマーガレッタと申しますが、まったくの別人でございましょう、のう、マーガレッタよ？」

「はい、お爺様。殿下、アルティナ様。ご無沙汰いたしております」

グラナッツ翁の後ろを静かに歩いてきたマーガレッタは完璧なカーテシーをしてみせました。

とても洗練されていて美しいわ……。

前に会った時よりももっと淑女として完成した気がします。マーガレッタはその気になれば、私よりも完璧な淑女になれますね。

「なっ！　マ、マーガレッタ!?　お前何を！」

「マーガレッタ……だよな？」

「嘘、なんであの子があんなにきれいに……！」

マーガレッタは前を向いてはっきりと話している。

はしばみ色の髪は美しく手入れされ、神々しい力をまとう彼女に、一家は呆然とした表情を浮かべています。

髪色が地味だなんて、笑わせてくれるわね。

とても綺麗な色なのに。

マーガレッタが纏《まと》っているドレスも彼女の体ぴったりに誂《あつら》えているので、滑らかな曲線がとても美しい。生地も縫製もデザインも一流品。華美になりすぎない宝飾品の類《たぐい》は、青い宝石が眩しいことから、送り主を表す色は青なのかと想像させる素敵なドレス。

自信がなさそうに俯いて、艶もなく輝きもしない、地味なマーガレッタ・ランドレイという女性なんて、いないわよ。

ここにいるのは、顔を上げて、しっかり前を見据えて優雅に微笑む『マーガレッタ・ナリスニア公爵令嬢』なんだから。

第四章　薬師令嬢、元家族と訣別する

「さて、マーガレッタ嬢。あなたはマーガレッタ・ランドレイか」

「いいえ、私はマーガレッタ・ナリスニア。グラナッツ・ナリスニアの孫にして、宰相シルスト・ナリスニアの娘でございます」

ここに来るまでに何度も何度も反芻した言葉は、すらりと私の口から出てきた。

「な、なにを言っておるのだ、マーガレッタ。そんな馬鹿なことを言ってないで帰るぞ！　お前が出て行ったことで、我が家がどれほどの被害を受けたか分からんのか！」

「そうだ、マーガレッタ！　私たちは魔獣に襲われ死にかけたんだぞ。私の剣の力を返せ！」

「そうよ！　聖女の力を返してちょうだい。あの力がなくて私がどれほど肩身の狭い思いをしたと思ってるのよ」

「マーガレッタ、お母様よ。今領地が大変なことになっているの、早く立て直してちょうだい」

私は騒ぎ立てる四人には視線を向けない。向ける必要がない。

「王太子殿下、俺もお邪魔してるぜ」

「S級冒険者のカールか。活躍は聞いているよ、いつも君らが助けてくれるね」

「そりゃどうも」

私の後ろから、カールさんが広間に入ってきた。

カールさんは私の隣に立って、厚い筋肉の壁で四人の視線から私の姿を隠してくれた。そして大きな手で、ポン、と私の背中を軽く叩いた。

「大丈夫、俺たちがついてる」

「あ、ありがとう……ございます」

私の小声が震えていたのは、近くにいたカールさんとグラナッツさんにしか聞こえなかったと思う。

イグリス様に挨拶をした声はなんとか震えずに済んだが、あの人たちから一斉に罵倒されたら、全身が恐怖で固まってしまったのだ。

いつも叱責《しっせき》されると反射的に体が動かなくなってしまう。

顔は俯き、言いたいことも言えず、スカートをぎゅっと握り締め耐える……そんな生活を思い出してしまうのだ。

〈来て、早くマーガレッタを守って〉

私にだけ聞こえる『みなさま』の声が、誰かを呼ぶ。そしてそれに応えるように、一度閉じた背後の扉が再び開いた。

「兄上、失礼します。マーガレッタさんが来ていると聞きまして……ああ、遅れてすまない、我が婚約者殿」

「ア、アーサー様……？」

打ち合わせになかったアーサー様の登場で、私の緊張がほぐれる。

アーサー様は流麗な所作で私の横まで歩いてくると、いつもの明るい太陽のような笑顔で笑いかけてくれた。ああなんて温かい笑顔なんだろうか。

恐怖で凍えかけた私の心を溶かしてくれる、そんな笑顔。

「カール。彼女の横は私の指定席なんだ。少し遠慮してもらおうかな？」

「ふん、第二王子様にそう言われちゃあ、仕方がない。俺もそこまで無粋じゃねえよ」

少し説明臭すぎる台詞だと思うけれど、二人の言動はとても自然で聞きやすかった。それこそ、特定の言葉が際立つように話していたのだろう。

「こ、婚約者っ？」

「だ、第二王子!?」

どうやら聞かせたい人物の耳に届いたようで、小さな広間に驚きの声が上がった。

というか、私も驚いてしまった。

「ア、アーサー様!?　そこまでは、き、聞いておりません！」

動揺して緊張するどころではなくなってしまった。

私は周囲に聞こえないよう、小声で聞き返す。

するとアーサー様はいつものように邪気なくにっこり笑った。その笑顔もカールさんの筋肉に阻まれて、元家族たちには見えないだろう。

「言わなかったんだ。びっくりした？　でもその宝石を贈ったのは俺だし、そのドレスも実は、俺が君に着てほしくてアルティナさんに頼んだんだ……駄目だった？」

「えっ……」

だってこれは、何かあったら絶対これを着てくるのよ、とアルティナ様が持ってきてくださったドレス。

たしかにこの青はアーサー様を連想させる色だし、そうだったらいいな、なんて少しは思ったけれど、でも！

「嘘じゃないよ。今俺が着ている服とお揃いの色なんだ。アルティナさんが教えてくれてね、俺も気に入ってるし、マーガレッタさんによく似合ってる。素敵だよ」

「アーサー様……」

私とアーサー様の会話は元家族には届かず、仲睦まじく顔を寄せ合って小声で話す姿しか分からないだろう。

「まったく、我が弟は婚約者殿にべた惚れだな、仕方のない奴め。さてランドレイ侯爵。分かっていただけただろう？　我が国にマーガレッタ・ランドレイという女性はいない。お帰り願おう」

凛としたイグリス様の声が広間の空気を引き締めた。

そうだ、私は戦っている最中なんだ。新たな心強い援軍はあったけれど、私の戦いはまだ始まったばかり。

「う、嘘だ。それは我が娘だ！」

「そうよ、その子は妹のマーガレッタだわ！」

元お父様と元お姉様は、私とアーサー様を睨みつける。

怖い、私を非難するあの目がやっぱり怖い。

知らずに全身が強張ったことにカールさんがすぐに気づいてくれて、場所を移動して元家族の視線を完全に遮ってくれた。

アーサー様は冷たくなった私の手をぎゅっと握り、無言で励ましてくれる。

「どうなのだ？　マーガレッタ」

イグリス様の問いに、私は言葉を絞り出す。

私には、信じられる人たちがたくさんついている！

「違います！　私はマーガレッタ・ナリスニア。ナリスニア公爵の娘で、レッセルバーグ国第二王子アーサー様の婚約者です。あそこにおられる方々とは……家族でもなんでもございません。私の家族はナリスニア家でございます」

「なっ……なっ⁉　マーガレッタ、お前っ！　親に向かってなんてことを！」

「そうよ！　育ててもらった恩も忘れたのかしら？」

「いいからランドレイ家に帰るんだ！　早くしろ！」

矢継ぎ早にまるで脅迫のように責め立てる。

その度に私の体が震える。

しかしアーサー様は、私が体をこわばらせるたびにぎゅっと手を握り締めてくれた。

——大丈夫、俺たちがそばにいる。

まるでそう励ましてくれるようだ。

アーサー様を見上げると、彼は柔らかく笑った。

「うるせぇよ……」

カールさんはわざと不機嫌そうに低い声を漏らす。

大柄で凄腕の冒険者から威圧されたら、ただの貴族である元お父様は青くなっただろう。

「殿下。何か思い違いをしておる輩《やから》が同席しておるようですな？　この爺は我が孫をそのように詰《なじ》られるのは不快です。一言よろしいかな？」

「もちろんだとも」

私の知っているのは人の好いグラナッツさんだが、今元家族たちに牙を剥《む》いたのは、別の顔のグラナッツさんだ。

「マーガレッタさん、もう少しカールと私にくっついて。グラ爺がキレた」

「え……きれた？」

アーサー様とカールさんが密着するくらい体を寄せてきて、防御態勢を取り始める。

「グラ爺はマジ怖えよ。見ろ、イグリス様とアルティナ様なんか、防御用の魔道具を出してる」

くいっとカールさんは顎で指し示した。

私が視線を向けると、壇上にいた二人がピッタリと寄り添い、水晶玉のようなものを構えている。

その二人の側にはいつの間にか魔導士が控えていて、呪文のようなものを唱えている。

警備の衛兵たちも壁際まで下がり、身構えた。

「マーガレッタさん、聞いたことはないかな……十年くらい前のウチの絶冷宰相の話……あれはあの爺ちゃんでね」

冬でもないのに、体がぶるりと震えた。

これは恐怖ではなく寒さのせいだ。気がつくと息は白いし、床は霜《しも》で覆われ始めていた。この部屋は異常なほど冷たくなっている。

「は、はくしょん！」

元お姉様がくしゃみをし、元お兄様は鼻水を垂らしたようで、ぐずぐずと洟《はな》を啜《すす》っている。

「大人しく聞いておれば、我が孫に向かって言いたい放題……貴公らにそれを言う資格があると思うてか？」

グラナッツさんは俯いたまま低い言葉を放つ。そしてその全身からゆらゆらと立ち上るのは熱ではなく冷気。これは氷魔法？

「え……」

パキン、パキンと音を立てて、グラナッツさんの周りの空気が凍っていく。

「マーガレッタはとても良い子じゃ……人を愛し、ものを愛し……偏見も持たず、知識をひけらかすこともない。美しくて勤勉で……そんな素敵な子を貴様らごときが、呼び捨てにしていい娘ではない」

「ひっ……つ、冷たい……」

「寒い、寒いわお母様っ」

「凍る……息が凍る……苦しいっ」

吐息がすぐさま凍り付くほど、辺りの温度は低下している。広間の壁の水分が凍り、バキンと音を立てながら膨張し、ひびが入る。見ると柱にも亀裂が走っている。

「このまま彼奴《きゃつ》らの内部から凍らせてしまおうか……醜い言葉をこれ以上漏らさぬよう、封印してしまおうか……」

老人とは思えない気迫と殺気に、この部屋にいる人間は一人残らず震えあがる。

恐怖と、冷気の両方によって。

部屋の中のすべてが凍りつく前にゆっくりと扉が開いた。

「はぁ、父上、おやめください。異常な冷気に城中が怯えておりますよ」

「……シルストと、ラディアルか」

グラナッツさんは間違いなく氷の魔法の使い手だった。

さきほどアーサー様が言っていた絶冷宰相の話は、どこかで読んだことがある。

私が近隣の歴史を勉強し始めた頃にはもう引退していたレッセルバーグ国宰相の通り名だったと記憶している。

辣腕《らつわん》にして剛腕。

比喩としても、実際にも、いくつもの心臓をその氷の刃で止めてきた冷たい宰相。

その方が前任が残した全ての腐敗を一掃し、新しく役人を入れ替えたおかげで、レッセルバーグ国は生まれ変わったのだ。

その伝説の絶冷宰相がグラナッツさんだったなんて。そんなすごい方のお世話になっていたとは。

そして凍った扉を押し開けてやってきたのは、グラナッツさんの息子である現宰相のシルスト・ナリスニアさんと、シルストさんの補佐をしているご子息、ラディアル・ナリスニアさん。

今の私にとっては、書類上のお父様とお兄様だ。

私が過去と決別するために行《おこな》った中に、ナリスニア家の養女になるというものがあった。

以前からグラナッツさんには「わしの娘……いや、孫だなぁ～孫にならんかのう？」と言われていたのだが、冗談だと思っていた。

しかしグラナッツさんはどうやら本気だったらしく、ある日、アルティナ様がグラナッツさんのお屋敷を訪ねてこられたのだが、その時にはもう書類はほぼ完成していて、あとは私のサインだけだった。

だけど私は、シルストさんやラディアルさんが了承してくださるとは思わなかった。

『娘、ですか……アーサー殿下のあの様子ではその辺りで手を打つしかありませんね。できればラディアルの婚約者にと思っていたのですが』

『父上、アーサーに斬り殺されたくないので、冗談でもやめてください』

物騒な話をなさっていたけれど、反対はされなかった。

養子手続きが完了したことで、シルストさんとラディアルさんは、元家族の前では私を血のつながった家族として扱ってくださることになった。

そして、そのお二人が広間まで来てくださったのだ。

「まったく、マーガレッタまで風邪を引いたらいかがなさるおつもりか」

パン！　と乾いた音がして部屋の温度が戻る。

どうやらシルストさんが火魔法でグラナッツさんの冷気を中和したようだ。

「マーガレッタ、大丈夫ですか？　まったくアーサーは油断も隙もない。それ以上、妹にくっつかないでほしいんですが？」

足早にやってきたラディアルさんは、すっとアーサー様を私から引き離した。

スマートで美しい所作はさすが大貴族の若様といったところだ。

「あ、ありがとうございます……ラ――」

「マーガレッタ、お兄様で」

「――あ、お、おにいさま……？」

「婚約したとしても、適切な距離というものがありますからね」

ラディアルさんは、よくできました、と満足げに微笑む。

書類上の兄妹なのに、本当に昔から兄妹だったかのように扱ってくれて、なんだか嬉しくなってしまう。

血が繋《つな》がっている元お兄様には、こんなに優しい笑顔を向けられたことはなかったから、お兄様という存在はこんなに頼もしいものなのかと、驚く。

そんな私たちの様子を見て、シルストさんが「さて」と言って手を叩いた。

「ランドレイ侯爵。これで分かっていただけたかな？　あそこにいるのはマーガレッタ・ナリスニア。我が娘です。たとえマーガレッタが過去に平民であったとしても、その前にどんな立場であったとしても、現在はナリスニア公爵家の令嬢だ。何か言いたいことがあればどうぞ？」

「マ、マーガレッタ！　お前は……」

「口を慎め！　我が孫がお前にお前呼ばわりされる筋合いなどない！」

ビキッと音を立てて、また温度が下がっていく。元家族の四人は悲鳴を上げた。

「マ、マーガレッタ……さん……私はおま……君の、父親だろう？」

それでもなお、おどおどと言いつのる元お父様――いいえ、ランドレイ侯爵。

今の私ならはっきり言える。もう怖くない。

「いいえ、あなたは私の父ではありません。私の父はそこにおられる、シルスト・ナリスニアです。私の父は何年にもわたり家のために頑張ってきた私に『出ていけ』と言い放つことなどいたしません」

私はランドレイ侯爵を見下ろす。

彼は悔しそうにこぶしを握って震えている。あれほどお父様に嫌われるのが怖かったのに、今は怖くない。

思い返すと、私は言われるままポーションばかり作っていた。

夜会も出なくていいと言われたから出たことはなく、友達もおらず……私の世界はとても狭かった。

でも世界は広かった。

そして、世界には優しい人がたくさんいる。

だから大丈夫なのだ。

「そういうことだ、ランドレイ侯爵。気が済んだかな？　国境まで騎士たちに送らせよう、まっすぐ、この国に留まることがないように」

「お、お待ち、お待ちください！　私は聖女ロゼラインと申します、も、もう少しだけ妹と話をさせてください」

イグリス様ははっきりとこの四人に「この国から出ていけ」と伝えた。

しかし無謀にもそれに意見したのは元お姉様——ロゼラインさんだ。なんて話のわからない人なんだろう。アルティナ様も柳眉《りゅうび》を顰めている。

「妹ではないと思うがまあいい。質問を許していいかな？　マーガレッタ」

「はい、王太子殿下」

もう聖女ではないと言っていたのにロゼラインさんは何を言いたいのだろうか。

「マ、マーガレッタ。あなたはお父様とお母様があなたにしたことを怒っているのよね？　お父様とお母様が許せないのよね？　わ、分かるわ。私だって話を聞いた時、酷いと思ったもの。お父様もお母様もあなたを奴隷みたいに扱って……」

「ロゼライン！　お前は何を言いだすんだ！」

「お父様は黙っていてッ！　マーガレッタが憎いのはお父様とお母様でしょう？　私とお兄様は違うわよね？　だって私たち、仲のいい姉妹でしょう？　ね、お父様とお母様にもうあなたを虐めないように言うわ。無視しないように私たちがちゃんと監視するわ。だから……だから、私に聖女の力を戻してちょうだい!!」

「そ、そうだぞマーガレッタ。父上には引退していただいて、私がランドレイ侯爵の称号を継ごう。これで父上と母上は好き勝手できないからな。だから、私に『みなさま』の剣を操る力を戻してくれ!!」

ロゼラインさんだけでなく、元お兄様――オリヴァーさんがそんなことを言いだしたので、私は動揺した。

別にランドレイ侯爵と元お母様――アイリスさんが憎いわけではないし、ロゼラインさんとオリヴァーさんに彼らを監視してもらいたい訳でもない。今までの話からその結論に至る理由が分からなかった。

あれ、私のほうがおかしいの……?

隣を見ると、ラディアルさんもアーサーさんも目を丸くしているし、カールさんに至っては目を眇《すが》めて「……あいつらなに言ってんだ?」と低い声で呟いている。

よ、よかった……私の感覚はまともだった。

ふと気づくと、優しく微笑むイグリス様とアルティナ様がこちらを見ていた。

――あんなのにばかり囲まれていたなんて、辛かったね、頑張ったね。でも大丈夫、人間はあんなのばかりじゃないよ。これからまともな付き合いができるから安心してね。

そう言っているようだ。

こんなことを言うなんて絶縁したとはいえ、恥ずかしくて顔を上げられない！　なぜこんなことを恥ずかしげもなく言えるのか、私には理解できなかった。

そんな私の様子を見かねたイグリス様がその場を引きとってくれた。

「……ロゼライン嬢、これはたとえ話なのだが」

「な、なんでしょう。王太子殿下」

「どこかの国の王太子に婚約者がいたとする。その婚約者の女性は王太子妃としての勉強を欠かさなかった。しかし、その女性の姉が突然、妹を裏切り自分が王太子の婚約者になると言って、妹を国外追放したんだ。王太子妃になるべく学んだ時間を一瞬にして無にされ、何もかも奪われたその女性が姉を許すと思うかい？」

たとえ話ではなく、そのものだ。

私は自分の身に起こったことをすべてアルティナ様にお話ししていて、イグリス様にも話してもいいとお伝えしている。

だからイグリス様が知っていても問題ないのだけれども、改めて聞くとなるとさすがに少し恥ずかしい。

「えっと……や、やむを得ない事情があったのなら、その妹も許すのではないでしょうか」

「それがまったく理解できない、くだらない理由なのだ。なんと妹が地味だから、だそうだ。滑稽で愚かな理由だと思わないかい？　地味ならば派手に着飾ればいいのではないか。ねえ、アルティナ」

「そうですね、イグリス様。女性は化粧で簡単に化けますわ。それに女性が地味なのは、側にいる婚約者が無能だからです。女性を輝かせるエスコートができないなんて……ふふ、それも滑稽ですわね」

王族であるイグリス様とアルティナ様には、反論できないかもしれない。と、思ったが、ロゼラインさんは何を勘違いしたのか堂々とそれに反論した。

「それはたとえ話でしょう？　マーガレッタは違いますわ！」

なんて恥ずかしくてみっともない人なんだろう。

話をまったく理解できないようだし、自分のいいように解釈している。

もう彼女のことは、何があっても姉とは思えない。

「ロゼラインさん、まず聖女の力を戻すという言葉の意味が分かりません。私にはあなたに返すものなど一つもありません。そちらのオリヴァーさんもそうです」

私はもう『みなさま』を誰かに貸すことはしないと誓ったし、元々『みなさま』は私に力を貸してくださっているのだ。

ロゼラインさんやオリヴァーさんにはなんの関わりもない。そのことすら理解していなかったようで、反論しながら頭が痛くなってきてしまった。

「ふ、ふざけるな！　今まで通りに戻せばいいだけだろう！　その力がないと私はや、役立たず、と言われてしまう！」

「私だって聖女の称号を剥奪されるわ！　この私がよ！」

……それは仕方がないことでしょう。

大きな力を得たのに、それに甘えるばかりで自らの力を育てなかったのだから。その名声や称号に見合う力がないのは自分たちのせいなのだ。

「そうですか。それが私に関係ありますか？」

「なっ！」

「マ、マーガレッタっ！」

「あなた方は私の兄でも姉でもございません。私の兄はラディアスです。あなた方は私とは無関係です」

言えた、言えた……!!

お兄様にもお姉様にも……ランドレイ侯爵家の人たちにきちんと自分の意見を言えた。

私は変われたんだ!!

「マーガレッタ！　あなたという娘は、なんてことを。お母様は許しませんよ！」

「私の母は亡くなりました」

ナリスニア公爵夫人は流行病で儚《はかな》くなったそうだし、私を産んだお母様は何年も前から目すら合わせてくれなかった。

それなのにこういう時だけは母だと言うなんて……

「マーガレッタ!?　あなたなんてこと――」

「ランドレイ侯爵夫人、まだ何か？」

まだランドレイ侯爵のほうがマシだった。

好意的ではないけれど、私を認識してくれた。でも、アイリスさんは私を見てくれなかった。いないものとして扱うか、お祖母様の影として私を見ていた……

そんな人にいまさら母親だと言われても、心はぴくりとも動かない。

「イグリス殿下、もうよろしいでしょうか？」

「ああ、ありがとう。マーガレッタ。きっとそちらの方々も理解しただろう。アーサー、マーガレッタを送りなさい。グラナッツ翁も悪かったね」

「まったくですぞ、殿下の御前でなければ氷像にしたのに、ええい腹立たしい！　二度と呼び出してくださいますな！」

グラナッツさんはまだお怒りのようだ。その証拠に、この部屋は冷たく凍えたままだ。

「はは、行きましょう、グラナッツ翁。ここにいてはあなただけでなく、私たちの腹の虫も治まりません。マーガレッタさん、いいかい？」

こんな時でも優しいアーサー様に頷く。

アーサー様は先ほどからずっと、私の手をぎゅっと握ってくれている。この方の温かい手に今日だけで何度も助けられた。

「ええ、帰りたいです……私たちの家に」

この国にあるグラナッツさんの家に。

背中を支えられ、私はまっすぐ前を見てこの場を後にした。

もう私の家は、この温かい人たちが集まるあの場所にあるのだから。

◆◇◆

私は愚か者を見据え硬い表情を崩さなかったものの、内心ではほっと胸をなでおろしました。

グラナッツ翁は老いたとはいえあれほどの力……さすがナリスニア公爵家としか言いようがありません。

それに、マーガレッタは過去の傷と向き合い、よく頑張りました。あとでたくさん褒めてあげなくては。

その前に私たちは後始末をしなくてはなりません。

この場にはイグリス様の他にも、力強い協力者がお二人残っていますし、ね？

マーガレッタたちが去った後、この場にいるのはランドレイ侯爵家の四人と、イグリス様と私。

そして、宰相のシルスト様と宰相補佐のラディアル様の合計八人。

イグリス様が平坦な口調で四人に話しかけます。

「さて、君たちも帰るといい。もう用はないだろう？」

「し、しかし！　先ほどの娘は我々の娘です！　お返し願いたい！」

この者たちは、ここまで言われても、自分たちの置かれている状況に気づけないようです。

グラナッツ翁の発した冷気から私たちを守ってくれた魔導士が、力を入れ直す。なぜ気づかないのかしら？　怒っていたのはグラナッツ翁だけではなかったということに。

「あなたの首から上にあるものは、もしかしてただの飾りなのか？」

「ヒッ！」

ランドレイ侯爵の耳元で破砕音が鳴ります。

氷の塊《かたまり》が砕け、頬を切り裂き、ランドレイ侯爵の頬から鮮血が垂れます。

「どうやらリアム王国では、我がナリスニア家が氷の魔法を得意とすることは知られていないようだ。言葉には気を付けられよ、私は父上ほど気が長くない」

シルスト様が一歩、二歩と近づくたび、部屋の冷気が増していることに、やっとあの人たちはお気づきかしら？

今あなた方の目の前にいるのは、我が国最強の氷雪系魔導士であらせられるのよ？

「たとえ、だ」

その視線の冷たさは、氷以下。

氷のような瞳のナリスニア一族は、怒りが一線を越えると、周囲の温度を極端に下げるのです。

とはいえ自制できないわけではありません。

ナリスニア一族の人間は、自分の能力を最大限に活用し、察しの悪いものに対して効果的に使っているだけなのです。

「たとえマーガレッタがお前の娘として生を受けたとしても、今は私の、このシルスト・ナリスニアの娘である。不遜にもほどがある、のちほど抗議文をリアム王国へ送らせてもらうぞ」

シルスト様は非常に冷静なお方。ある意味、グラナッツ翁のほうがまだ優しいのです。

そんな方に睨まれるなんて、少しだけ憐みを感じてしまいます。

シルスト様は上着の裏ポケットから小ぶりなポーションを四つ取り出し、床に這《は》いつくばっているランドレイ侯爵の前に放りました。

「気づいていないようなので教えてやろう。お前たちの手足、鼻や指、耳などは酷い凍傷にかかっている。慈悲としてそのポーションをやろう。我が娘、マーガレッタがレッセルバーグ国の最新器具を使い新たに作った濃縮ポーションだ。器具とたくさんの素材を用意するだけで、このようなものを楽しげに作り出してしまう。マーガレッタは努力家の上に天才だ。誇れる娘よ」

命に関わらないから、放っておいても問題はなさそうですけれども。

それよりマーガレッタの作った濃縮ポーション？　そちらのほうが気になるわね。

「で、ですから……我が娘……」

「お前たちが捨てたのだろう、あの娘を。マーガレッタはもうお前たちが必要ないくらいに強くなった。だから私から言えるのはこれだけだ。――消えろ、クズが」

「ひいいいいっ！」

「本当に不思議だ。この親兄弟の中にいて、どうやってあんなに心根の優しい娘に育ったのか。よっぽどできた使用人が側にいたんだろうな……そういえばその使用人も丸ごとウチに来ましたね、父上？」

「マーガレッタは一体どれだけわが国に幸福をもたらしてくれるんだろうな。予算の修正がこれで何度目になるか……嬉しい悲鳴だよ」

シルストさんとラディアルさんは冷気を緩めて笑いあう。

わざとマーガレッタに伝えずにやってきて、驚かそうとしたなんて、この二人はグラナッツ翁の息子と孫だからでしょうね。

それに彼女は、親と兄は自分を貶《おとし》めるものという不信感を抱いたままです。その辺りは、グラナッツ翁やシルスト様、ラディアル様に思いっきり甘やかして、価値観を正してもらう必要がありますね。

「しかし父上、欲しいものが、流行りの髪飾りより実験用フラスコというのはどうなんでしょうかね」

「その辺りも何とかしてやるのが、父と兄の役目ではないかな？」

ブルブルと震えるランドレイ家の人々を無視して、シルスト様とラディアル様は楽しそうに笑ってます。

「いやいや、そこは婚約者である我が弟に任せてやってくれないか？」

「殿下……殿下はもう少し、相談というものをですね――」

似た者親子の会話にイグリス様が口を挟むと、冷ややかに撃退されました。

少しだけ和やかな雰囲気になったのを察知したのでしょう。ランドレイ侯爵がシルスト様に尋ねました。

「ほ、本当に、マーガレッタは……第二王子様の婚約者に……？」

その質問に答えたのはシルスト様ではなく、広間の室温でした。ランドレイ侯爵の言葉を聞くやいなや、勢いよく広間が冷えていきます。

「まだいたのか、不快な。疾《と》く去《い》ね。生きたまま心臓から氷の棘《とげ》を生やされたくなければな！」

「ひ、ひいいいいっ!!」

四人は縮み上がり、勢いよく逃げだしました……ポーションをしっかり握りしめて。

さすがですわ。でもこれでやっと、私も一息つけそうです。

◆◇◆

随行《ずいこう》を許されなかった執事見習いの私は、控室で旦那様たちが戻られるのを待っておりました。

しかし、旦那様や奥様たちがおっしゃるように、マーガレッタお嬢様が喜んでランドレイ侯爵家へお帰りになるなどあるのでしょうか……？

そんな考えを巡らせていると、廊下のほうから聞き覚えのある声が聞こえてきました。旦那様たちが戻られたようです。

城の侍従が扉を開け、無言で目を伏せます……私に早くこの部屋から出て行けと言っているようです。

私は冷や汗をかきました。旦那様たちは謁見で何をやらかしたのでしょうか。

急いで控室から廊下に出ると、旦那様たちの姿が見えたので慌てて駆け寄ります。

「マーガレッタの奴本当に戻らないつもりなのか？」

「信じられない！　私たちが帰れって言ったら帰るのが当たり前でしょう、マーガレッタの癖に！　しかもこっちの国の王子様の婚約者？　あの地味で可愛くないあの子が？　何かの間違いですわ!!」

しかし旦那様たちは私には目もくれず、大きな声で不満を口々に発しながら、出口へ向かって案内されておりました。

先導している侍従の態度もとても冷たくて、背中しか見えないのにとっとと出て行けという言葉が滲《にじ》んでいるようです。

「まったく、この国の貴族の養女になった？　とんでもないぞ、あいつは私のとても使える娘なのだ。横取りされてたまるものか！」

やはりマーガレッタお嬢様はお帰りになるとはおっしゃらなかったようです。

ですが当然でしょう、あれだけ蔑《ないがし》ろにされて誰が戻りたいと思うものでしょうか。私はそう言いかけて、ぐっと飲み込み、旦那様たちの後ろに付きました。

城の出口の正面には乗ってきた馬車が停まっています。城の馬丁が慇懃《いんぎん》に頭を下げていますが、視線と行動はさっさと出て行けと言っているようです。

こんなに冷たくあしらわれているのに、ランドレイ侯爵家の皆様はさすがと言うべきか図太いと言うべきか、気づいていらっしゃらないようです。

この一家に対する不信感がまた大きくなってしまいました。私はここで本当に執事としての経験を積んでいると言えるのでしょうか……？

邪魔者は早く国外へ、と言わんばかりに、侍従はさっさと扉を閉めます。さらには御者《ぎょしゃ》に「すぐに出ろ」と声をかけたらしく、行き先も知らないままに馬車は動き出しました。

御者《ぎょしゃ》は馬車を走らせながら、行き先はどこかと困惑の視線を向けてきます。

私も旦那様たちへ視線を向けますが、別のことに気を取られておいでのようです。皆様は大事そうに綺麗な色のポーションを持ち上げていらっしゃいました。

「とりあえずこのポーションを飲みましょう？　なんだか指先の感覚がおかしいのよ」

「そういえばそうだな……まったくこの国はどうなっているんだ」

ランドレイ家の皆様はポーションを飲み干し、人心地ついたというため息を吐きました。

「……美味しい……」

そっと旦那様たちを見つめると、なぜか全身が真っ赤になっております。

しかしポーションを飲むと少しずつ鼻や耳、そして指先が元の色に戻っていきます。

一体何があったのでしょうか。

よく見ると旦那様たちが飲み干したポーションの瓶には、見慣れたマーガレットの花の模様が刻んであり、このポーションを作ったのはマーガレッタお嬢様だと理解できました。

「あいつ、こんなに高品質のものを作れるのに、なぜ家で作らなかったのだ！　本当に使えない娘だ」

ポーションで治療してもらったというのに旦那様はすぐさま文句を言い始め、空になったポーション瓶を私に押し付けます。

もしここにポーションに詳しい者がいたら、不機嫌な顔をしてこう言ったかもしれません。

――あんな旧式の器具と最低限しかない材料で、いいものなんて作れるわけがない、と。

しかし私はただの執事見習いですから、全員分の空き瓶を受け取り、馬車の中の物入れにしまっておくことしかできませんでした。

「しかし、マーガレッタのやつ……レッセルバーグ国の第二王子の婚約者だと……ふざけるのもいい加減にしろ、あいつはノエル様の婚約者だろう⁉」

「それよ、お父様。たかだか第二王子なのよ？　馬鹿なマーガレッタだって、第二王子と王太子、どちらの花嫁のほうがいいかくらい理解できるはずよ」

いいことを思いついた、ロゼラインお嬢様はそんな表情で声を弾ませました。

「その通りだ、ロゼライン。第二王子に嫁いだとて夫は臣下に下るしかない。リアムに戻りノエル様の婚約者になればいずれ王妃になれるのだ……マーガレッタは必ず帰ってくる‼」

「ノエル様を説得しましょう！　父上」

「ああ！　マーガレッタさえ戻ればまた『みなさま』の力を使える。ノエル様もマーガレッタと結婚するくらいは我慢してくださるだろう」

「マーガレッタが気に入らなければ……側妃を持てばいいんですものね」

「そうと決まれば急いで手紙を出すぞ！　我々はレッセルバーグ国のどこかの街で宿でも取るとしようか」

旦那様はそう言い、レッセルバーグ国の中でも富裕層向けの宿へ馬車を向かわせるべく、御者《ぎょしゃ》に声をかけます。

その様子を見ていて、私の中にあった不信感は、さらに膨らんでいきました。

「へへ……」

「ふふ」

第五章　薬師令嬢、元婚約者を撃退する

今日もアーサー様は調剤小屋へ来てくれた。

私たちの関係は以前と少し変わったような気がする。

「お嬢様が婚約！　しかもアーサー様と！」

「アーサー様ってあの少しとぼけた方ですよね。え、第二王子⁉　私、アーサー様に洗濯物を干すのを手伝ってもらっちゃいましたよ⁉」

「そうですそうです、お腹がすいたーって、食堂に来てパンをくわえて走っていくあの人です」

「王子様だったんだ……冒険者にしては品があるとは思ってたんだよね」

「ほんのすこーしですけどね！」

私がナリスニア公爵家の養女になったこととアーサー様と婚約したことは、すぐさま使用人たちに広がった。

皆、笑顔で喜んでくれたので私も嬉しさと共にほっとする。

一緒に暮らしてきた人たちからは祝福されたいし、アーサー様が誰にでも分け隔てなく接する方だと分かったのも嬉しい。

「マーガレッタお嬢様が貴族の養女になれたのはよかったぁ……ずっと心配してたんですよ。平民になったらあのランドレイ家が何かしてくるんじゃないかって！」

「グラナッツ様は『大丈夫大丈夫、絶対守るから！』っておっしゃってましたけど、やはり決まると安心しますね」

「いやあ、皆でシルストさんにお願いに行ったのがよかったんですかねえ？」

ちょっと待って。皆、一体を何したの⁉

皆でシルスト様にお願いに行ったなんて！　あとでシルストさんに謝らなくては。

「でもアーサー様で良いんですか？」

「ラディアル様もかっこいいですよ、仕事がちょっとお忙しそうだけれど」

「あ、分かる〜！　妻を放って仕事をするタイプですよね、ラディアル様」

「ご飯を食べずに栄養ドリンク飲んじゃうタイプでしょう？　それは夫としては……ねえ？」

もうっ、皆勝手に言いすぎですよ！

ラディアルさんにもこれ以上ご迷惑をかけたくないのに！

「ふむ、ランドレイから来た使用人たちはよく人を見ておるのだな……」

私と使用人の皆さんがわいわい話している輪の中に、いつの間にかグラナッツさんが入っていた。

グラナッツさんはうんうん、と使用人の皆さんの話に頷いている。

「もう、感心しないでください〜！」

「まあでも、ナリスニア公爵家としてもありがたい話なんじゃ。見ての通りシルストの子供はラディアルのみ。よい女性がいたら養女に迎えてもいいと思っていたし、しかも嫁入り先が王家なら万々歳じゃからのぅ」

「そ、そうでしょうか……」

「そうだとも！　さらに養女が凄腕の薬師なんて、すごいことじゃぞ？」

「そ、そうでしょうか!?」

そうだぞ、そうだぞと何度も言われると、そんな気になってきた。

「まぁもしマーガレッタ嬢がアーサーを好きではないなら今からでもやめさせるがのう。別に王家なんぞにやらんでもいいからの！」

「き、嫌いじゃないですよ!?」

いつも笑っているアーサー様。大抵元気に走ってくるが、その姿を見ると私は元気を貰えるし、辛いことがあったとしても、彼の笑顔を見れば忘れてしまう。

この間も超特級ポーション用の貴重な材料を手に、ニコニコと薬剤小屋にやってきた。

『見て見てー、マーガレッタさん！　やっとジャコウ豚の匂い核が手に入ったよ〜〜〜』

『まあ、すごい！』

顔に土をつけたアーサー様は、大きな虫を捕まえた男の子のようだな、とも思う。

『こうやってマーガレッタさんが笑ってくれたら、俺はとっても嬉しい』

『えっ……!?』

でも今までまるで男の子のようだったのに、一気に爽やかな笑顔でドキリとすることを言ってくる。

そんなアーサー様と一緒にいたいのだ。

「ふむー。正式な婚約パーティーはまだじゃが、気軽なお祝いパーティーならしてもええじゃろ。我が家の庭でカールたちも呼んでやろうかの！」

「わー、いいですね！　すごく楽しそう!!」

「やりましょう！　私たちもお嬢様とアーサー様をお祝いしたい！」

「皆さん……ありがとうございます……！」

そうして急遽、グラナッツさんのお屋敷でお祝いガーデンパーティーを開いてもらうことになりました。

私もメイドさんたちも楽しく準備をした——ガーデンパーティーの日のことだった。


「マーガレッタ、迎えに来たよ！　さあリアムに帰ろう。そしてまた私の婚約者にしてあげるから、私に『みなさま』の力を返してくれ」

この国に一緒に来てくれた冒険者の皆さんが集まってお祝いしてくれた。

さらに吟遊詩人のトリルさんがお友達を大勢連れてきて、楽しい音楽を合奏して、私とアーサー様を素敵な曲で祝ってくれた。

身分の関係なく歌って踊って、綺麗に飾りつけられた美味しい食べ物や飲み物を食べて飲んで……

そんなガーデンパーティーに一台の馬車がやって来たかと思ったら、呼んでない人たちが乱入してきたのだ。

せっかくの抜けるような青空と賑やかな空気が、一気に曇った。

「誰だ、あれ？」

「……リアム王国王太子のノエル殿下だね」

カールさんの呟きに、片手にグラスを持ったままのイグリス様が答える。

どうしてイグリス様がこの気軽なパーティーにいるのかと言うと、イグリス様が「どうしても行く！」と言い張ったからだそうだ。

なので、今日のイグリス様の服装は、いつもの煌《きら》びやかな正装とは違い、一般庶民のようなシンプルな装いとなっている。

『絶対に弟の遅い春を祝いに行くんだ！』

『イグリス様は言い出したら聞かないから、仕方ないですわ？』

ちなみにアルティナ様も、イグリス様と一緒に参加している。

もう気軽なガーデンパーティーではなくなった気がする……

ノエル様は誰の許可も得ず庭にずかずかと入ってくると、辺りを見回すなり、はあと大きく息を吐いた。

「こんなケチでしかも外でなんて……こんなパーティーに参加なんてしなくていい。さあ、リアムで私と正式な婚約パーティーを開くよ、帰ろうマーガレッタ！」

しかしノエル様は、キョロキョロと辺りを見渡して、眉をひそめている。

「マーガレッタ！　どこだ」

私はあなたの視界に入っているのですけど……

どうやら彼は、私を認識できずにいるようだ。

ノエル様が現れるなり、すぐさまアーサー様とカールさんが駆けつけてくれた。

過保護なほど私を大事にしてくれるので、こんな状況なのに笑みがこぼれてしまう。

「あいつは君のことが分からないのかな？」

「そのようです。眼が悪いわけではなかったはずですが、どうやら私に気づいていらっしゃらないようです」

私と何度か目が合ったのに、こちらにやってはこない。アーサー様が不思議そうに庭を歩き回るノエル様を見つめる。

「もしかしたら、お嬢さんがここに来た時と同じ格好の女性を探しているのかもな」

「ああ……なるほど」

カールさんはノエル様を睨みつけながら、鼻を鳴らす。

私はそれで納得してしまった。

たしかに、ノエル様に最後に会ったのは、あの婚約を破棄された日のことだ。その頃は今と違ってかなり地味な服を着ていた。

でも今の私の服はリアム王国でよく着ていた地味なものではない。

婚約を祝うガーデンパーティーにふさわしい白いドレス。この生地はとても高級で軽くてしなやかで光を反射するから、キラキラと光って美しい。

差し色はアーサー様の青を取り入れ、デザインはレースを沢山使った豪華な作り。

襟元や袖に施された刺繍《ししゅう》は本当に繊細で見事な仕上がりで、職人さんが丹精込めて作ってくれたものだとため息が出そうになる。

この服は、アルティナ様がグラナッツさんのお屋敷に来られた時に、いただいたもの。

『絶対着てね、って念を押されちゃったわ。諦めて着てちょうだいね』

大きな箱の送り主は王妃様で、常日頃から私やアルティナ様とお揃いのドレスを着たい、とおっしゃっていたようで、ぜひこの機会にと用意してくれたんだそう。

「マーガレッタ、マーガレッタ？　どこだい……返事をしておくれよぉ、マーガレッタぁ」

ノエル様は泣きそうになりながら、庭の中を行ったり来たりしている。

何度も何度も視界に入っているはずなのだが、どういうわけか彼は私を見つけることができない。

ふらふらと彷徨《さまよ》って、参加者全員に気味悪いと避けられているのは、滑稽でもあった。

「ノエル様！　マーガレッタはそこですわ」

「そこの赤い髪の男性とゴツい男のそばにいるではないですか！」

ノエル様が乗ってきた馬車にはオリヴァーさんとロゼラインさんもいたらしく、二人とも覚束ない足取りで庭に入って来た。

彼らが庭に足を踏み入れると、すぐにナリスニア公爵家の人たちが私を守るように壁を作ってくれた。

「マーガレッタお嬢様の幸せを壊しに来たのか……！」

「あの人でなしたち！　こっちの国まで追っかけて来るなんて」

ランドレイ侯爵家で働いていた面々も、怖い顔をして彼らを睨みつけている。

でも皆、大丈夫。私は負けませんから！

「マーガレッタがあんなに可愛いはずがない。あいつは地味で表情も暗くて、見ているだけで不快な気分に……え？」

ノエル様はまじまじと私の顔を見つめる。

でももう彼のことは怖くない。真正面から睨んでやることができる。

その時私の視界が暗くなり、ノエル様の姿はなくなってしまった。

「俺も、とても不快だなぁ」

「俺も。可愛い妹をあんな野郎がジロジロ見るのは、心底不快だ」

アーサー様とカールさんが前に立ってくれた。

負けないと意気込んだ私だったけれど、頼もしい背中をみるとやはり安心してしまう。

好奇の目というのはあまり心地のよいものではないし、ノエル様のあの冷たい目を見ると、やはり心が冷える。

「マ、マーガレッタ……？　私だ、ノエルだ」

ノエル様はアーサー様とカールさんを避けて私に近づこうとするが、移動してもすぐに二人が立ちはだかる。

「リアム王国の王太子殿下、何かご用でしょうか？　今は私と婚約者の婚約を祝うパーティー中なのです。正式なものではなく、親しい友人との気軽なパーティーですから、隣国の王太子殿下をお招きした記憶はなかったのですが？」

アーサー様が他所行きの顔で対応する。

いつもニコニコして楽しそうなアーサー様だけど、公式の場では言葉遣いも変わるし、表情も威厳と気品に満ちたものになる。

はたしてそれは、王族の血のなせるものか、それともアルティナ様に仕込まれた成果なのか……きっと後者だと思う。

「お、お前は、な、何者だ！　私はマーガレッタに用があるんだ!!」

「マーガレッタさんはあなたに用などないと言っています。私はマーガレッタさんの婚約者のアーサー・レッセルバーグ。この国の第二王子です」

「お、お前がマーガレッタの婚約者だと!?」

この国の第二王子をお前呼ばわりはあまりに失礼だ。

たしかにノエル様は礼儀作法の勉強はほとんどなさらなかったけど、完璧にできていたはず……あれも『みなさま』の力に頼ったものだったんだ。

纏《まと》っていた気品はメッキのように剥がれ、とてもみっともない。

薬神様が「礼儀作法の力を貸そうか？」と言ってくださったけれど、私は自分で覚えるために遠慮したのだ。

〈それでいい、マーガレッタは賢いね〉

と褒められてとても嬉しかった。

それに私とアーサー様の服は完全にお揃いの色を使っている。

私たちの服装を見れば、私たちが親しい間柄だとすぐにわかるはずなのに、そんなことにも気づかない人だったとは。

「そんなことはどうでもいい、マーガレッタ！　リアムに帰るぞ、婚約を結び直してやる。早くしろ！」

高圧的な物言いに辟易《へきえき》する。

ノエル様は私以外の方には優しい王子様なのに、私にはいつもこんな感じだから、とても不思議だった。

もしかして、私にはなにを言ってもいいと思っているのだろうか。

もしかして、ノエル様は私が常に言うことを聞く従順な下僕だと思っている？

私にだって感情はあるし、私はあなたの下僕なんかじゃない！

「マーガレッタさん」

「ええ」

アーサー様が声をかけてくれる。

そう、これは私が言わなければいけないのだ。

強くなった今の私が、ノエル様の言うことなんて聞かないと言わなければいけない。

一歩前に出て、少しだけ心を落ち着かせるように息を吸う。

なんにでも頷いて自分のやりたいことを我慢するマーガレッタは、もうどこにもいない。優しい人たちが私を後押ししてくれる。

視線は前へ。

声は力み過ぎず、でも凛として聞こえるように。

「リアム王国、ノエル王太子殿下。私が今いる国はリアム王国ではなく、レッセルバーグ国です。そして私はこの国のアーサー王子と婚約しました。なのでリアム王国へ帰ることはありませんし、アーサー王子と婚約を解消し、あなたと婚約することもありえません。用件がそれだけなのでしたら、後ろにいらっしゃる方々とお帰りください」

きちんとノエル様の目を見つめながら、私はそう宣言した。

すると、ノエル様の顔がどんどん赤くなっていく。

「なっ！　マ、マーガレッタの癖に、私に逆らうのか⁉」

「あなたに追従する必要など、今の私にはありません」

「マ、マーガレッタの……マーガレッタの癖にーーーー‼」

信じられないことに、ノエル様は剣の柄《つか》に手をかけた。

こんな所で、剣を振り回すつもりなの⁉

「大丈夫、下がって。マーガレッタさん」

「え……」

私の視界に、赤い色が飛び込んできた。

一分の無駄もなく移動し、アーサー様がノエル様と私の間にするりと入り込んだのだ。

それに激昂し、ノエル様はついに剣を抜いて振り上げる。

対してアーサー様が構えているのは、さっきまでお肉を切っていた小さなナイフ。さすがにそんなもので剣を止めるなんてできるはずがない！

「……なんとまあ、お粗末な腕だ」

それなのにアーサー様の声には余裕が滲《にじ》んでいる。

――どうしてそんなに余裕があるの？

と、思うより早く、キンッと金属同士がぶつかる音がした後、なにかが折れる嫌な音が響いた。

「な、なななな。なあああっ!?」

「剣がよくても、持つ者の腕がなまくら以下じゃあなあ」

なんとアーサー様は、食事用のナイフでノエル様の剣を真っ二つに折ってしまった。

そして、大きな体とは思えないほど静かに移動したカールさんは、いつの間にかノエル様の前にいた。

「オラァ!!」

「ぐふっーーーーー！」

間髪を容《い》れず、大きな足でノエル様を盛大に蹴飛ばす。

「う、うわああっ!!」

「きゃああっ！」

ノエル様の背後から近づこうとやって来たオリヴァーさんとロゼラインさんを巻き込んで、塀に叩きつけてしまった。

な、なんて力！　大人三人を一度に吹っ飛ばすなんて。

「王太子だからって、他国で女性に剣を振るうのはあってはならないことじゃねえか！」

「う、ううう……い、痛い、痛い痛い！　骨が折れたああ。う、訴えてやる、訴えてやるんだからな！」

気は失わなかったようで、ノエル様は蹴られたお腹を押さえて叫び出した。

「ぎゃーぎゃー騒ぐんじゃねえ！　折れない程度に加減して蹴ったんだよ。ったく」

カールさんほどの腕になると、そんなことができるのか。そしてあれでも手加減したんだ……カールさんさってやっぱり強い方だったらしい。

「やかましい男だ。あの程度で騒ぎ立てちゃ、魔獣がやって来て食い殺されちゃうだろうに」

アーサー様は冷静だ。

アーサー様やカールさんと比べると、ノエル様やオリヴァーさんの強さというのは『みなさま』のお力によるものだけだったんだ、と改めて思った。

とその時。涼しげな声が響いた。

「あらあら……騒がしいわね」

お腹を押さえて騒ぐノエル様が、その声に圧倒されてピタリと黙った。

声のする方向を見ると、いつの間にか庭先に見知らぬ馬車が止まっていた。そしてゆっくりと扉が開き、紳士と貴婦人が現れた。

貴婦人は紳士に手を取られ、ゆっくりと、そしてとても美しく地上に降りたつ。名乗らずとも、高い地位の方であることがわかる、とても上品な姿だった。

「――っ!!」

その姿を視認するや、ものすごい勢いでカールさんが片膝をついて首を垂れる。

私も急いでカーテシーで敬意を表する。

もちろんグラナッツさんも深く礼をし、使用人さんやメイドさんたちは、その場で平伏した。

「き、貴様！　誰だっ!!　うぎゃっ」

折れたとはいえ抜き身の剣を持っていたノエル様は、素早くお二人の護衛に取り押さえられ、地面に引き倒された。

「わたくし？　わたくしは息子が気軽なガーデンパーティーを開いていると聞いたから遊びにきた、ただの母親だけれど……この騒ぎは一体何かしら？　ねえ、あなた？」

「なんであろうな？　グラナッツ翁よ。着いたばかりの我らに、ちいと教えてはくれんか？」

「陛下！　妃殿下!!　お見苦しい所をお見せし大変申し訳ございません!!　誰か、この痴れものどもをさっさとどこかへ連れて行ってくれ!!」

グラナッツお爺様が慌ててガーデンパーティーの護衛をしていた人たちに声をかける。すぐさまノエル様たち三人を縄で縛り上げてくれた。

「父上、母上、助かりました、ありがとうございます」

三人がもう抵抗できないことを確認してから、アーサー様は私の手を取ってゆっくりお二人に近づいて行く。アーサー様が手を離してくれないので、私はついて行くしかない。

「ふふ、大丈夫、分かっていますわ。アーサー、マーガレッタ。このことはこちらで処理しておきますから、任せなさい」

「現役時代のグラナッツ翁には相当絞られたからな、ちょっとした意趣返しだ。二人が気にすることはないぞ」

「陛下っ！」

お二人はにこやかに笑って、後ろのほうで畏《かしこ》まっているグラナッツさんを悪戯《いたずら》めいた表情で見やった。

「くそっ……マーガレッタ……っ！」

護衛たちに連れていかれるノエル様やオリヴァーさん、ロゼラインさんは唇をかみしめて、悔しそうにこちらを見ている。

今にも罵詈雑言《ばりぞうごん》が飛んできそうですが、護衛たちは優秀だった。

「それ以上、口を開かないほうがいい。罪が重くなるばかりだ。口を開かずとも、国王陛下、妃殿下に剣を向けた罪は重いぞ！」

「ひっ⁉　こ、国王、陛下⁉」

ノエル様はやっと自分たちがしでかしたことに気が付いたようだ。国王陛下に会ったことがあるはずなのに、お顔を忘れてしまったのだろうか？

聖女であったロゼラインさんも、公式の場にレッセルバーグ国の国王陛下がいらっしゃることはあったはずなのに、どうして気づかなかったんだろう。

三人は、ここまで乗ってきた馬車とは違う、囚人が乗るような窓もない馬車に押し込まれて行ってしまう。

それを確認した王妃殿下は、今までの威厳のある表情から一変、目尻を下げて可愛いぬいぐるみを見つけた少女のように顔を綻《ほころ》ばせた。

「まあ！　まあまあまあまあ！　やっとマーガレッタちゃんとお話しできるわね！　ああ！　可愛い、本当に可愛いわ！　近くで見るとホントに可愛い！」

ニコニコしながらも、滑るように近づいてこられた王妃殿下は、私の前でぴたりと止まり、手を差し伸べる。

「手を握ってもいいかしら？」

お母様と同じくらいの年代の女性なのに、とても可愛らしいのはその表情のせいだろう。瞳を輝かせて、楽しそうに聞いてくる。

どう答えたらいいのか分からず困っていると、アーサー様が隣で眉尻を下げて、困ったような表情を浮かべて笑った。

「こういう人だから、ごめんね」

「も、もちろん大丈夫です……あの、王妃殿下……」

「まあああまあ！　今日はお忍びで来たのだから、堅苦しいのは嫌よ。まあああまあ！　可愛いお手て！　こんな可愛いお手てであんなに美味しいポーションを作るのね、あなたって本当にすごいわ」

きゅっと私の手を握ってにこにこと微笑んでいらっしゃいますが、私の手はそんなに可愛い手ではない。薬草を触ることが多く、水をよく使うから荒れていて、草木の色と匂いが染みついているのだ。

今日は頑張って洗ってかなり落ちているが、よく嗅げば薬草の独特な匂いがするだろう。貴族令嬢の手としては失格かもしれない。

「あ、あの……すみません。汚い手で……」

「まっ！　誰がそんなこと言ったの？　グラナッツが言う訳はないわね。イグリスかしら？　アーサーだったらパンチするわ！」

王妃殿下は形のよい眉を顰めて怒気を孕《はら》んだ声を上げた。

後ろでイグリス様もアーサー様も、首を千切れんばかりに横に振っている。

『汚い手！　触るな！』

まだ忘れられない言葉たちが脳裏を巡る。リアム王国ではそんな暴言を受けるのが日常茶飯事だったから。

「いえ、あの、誰も……そんなことは……この国では言われたことはありません！」

「ふふ、働いていたら荒れるのは仕方がないわ。私だって一生懸命働いていたころはもっとカサカサだったわよ。今はアルティナちゃんのお陰で楽をさせてもらってるけどね」

そういえば、王妃殿下のお仕事は、今はアルティナ様が取り仕切っていると聞いている。

そうして王妃殿下とお話ししていると、アルティナ様が私たちのもとに近づいてきた。所作は美しいけれど怒っているのか、少し足取りが荒かった。

「来ては駄目ですと申しましたよね!?　お体に障ったら皆が心配するじゃありませんか。陛下も止めてくださいまし」

キッと怖い顔で、この国で一番偉い人と二番目に偉い人を睨んでしまうあたり、さすがアルティナ様です。

「う……すぐ、戻るから！　そんなに怖い目をしないでくれ、アルティナ」

そんなアルティナ様の様子に国王陛下が押されている……やっぱりアルティナ様は強くて美人で……もしかしてこの国で一番強いのはアルティナ様なのかしら？

「仕方ない方たちね、もう！　でもこのドレスを見に来られたんでしょう？　マーガレッタ、見て。この方はこういうことが大好きなのよ」

「え……わ、素敵」

私とアルティナ様のドレスがお揃いなのは気が付いていた。

差し色がそれぞれアーサー様の色とイグリス様の色になっていて、とてもセンスがいいなあと思っていた。

そしてアルティナ様に言われて気がついたけれど、王妃殿下のドレスも私たちとお揃いの生地で作られていた。

私とアルティナ様は年若い女性向きの形で、少しだけ丈が短く軽やかな感じがするもの。

王妃殿下のデザインは丈が長めの上品なもの。上品さにくわえて可愛らしさもあり、王妃殿下にとても似合っていた。

さらに王妃殿下のドレスの差し色はやっぱり国王陛下の色が入っていて、デザイナーのセンスのよさがわかる。

「やっぱり似合うわ～！　マーガレッタちゃんもアルティナちゃんも可愛いわ～！　イグリスもアーサーもよくやったわ。そこだけは褒めてあげるわ！」

「そこだけ」

「さすが母上、手厳しい」

「ほほほ、二人とも褒めてほしかったら、もっと頑張ることね」

にこやかに笑う王妃殿下は、母としてもとても王家の先輩としてもとても尊敬できる人です。

「マーガレッタ。君さえよければ、時間があるときに妻に顔を見せてやってくれ。今日はおめでとう、いいパーティーだ」

「も、もったいないお言葉です！」

国王陛下に声をかけていただいて、私は緊張のあまり声が裏返ってしまった！

は、恥ずかしい！

「闖入者《ちんにゅうしゃ》の事はこちらに任せておきなさい。では帰るぞ」

「はい、あなた。マーガレッタちゃん、絶対遊びに来てね！　アーサー、マーガレッタちゃんを泣かせたら許しませんからね」

「ははは……お任せください、母上」

お二人はそう言って来た時と同じくらい素早く帰ってしまった。その後ろに、もう一つの馬車がついてゆく。

どうやらお城まで連れて行くつもりらしい。

あんなに騒《ざわ》めいていた庭は、静寂を取り戻した。それを最初に破ったのは、アルティナ様とグラナッツさんのため息だった。

「全く、困った方々ね。せっかくいらしたのにもう帰ってしまわれるなんて」

「本当だのう……まあこれでもう二度とマーガレッタ嬢に悪さはできまいて」

二人のため息を聞いて、アーサー様とイグリス様が苦笑いを浮かべた。

「……どういうことですか？」

「王様と王妃様は、あいつらを許す気はねえってことだ。一国の王に手を上げようとしたんだ、王太子といえど、不問に付す訳はないってことさ」

カールさんはにやりと笑う。

つまりあのお二人は、ノエル様たちを捕まえるためにやってきたということ……!?

「そういうこったろうな。じゃなきゃなんで余分な馬車なんて持って来てんだって話だ。まあメインはマーガレッタお嬢さんの顔を見に来ることだったと思うけどな。護衛たちが大変そうだったから、こっちから行ってやったほうがいい。じゃないとあの王妃様、また来るぞ」

「えええええ、わ、分かりました！」

私の知る国王夫妻は、何をするにも中々決めず、人の意見を聞いてコロコロと判断を変える人たちで、自ら率先して動く、という印象はなかった。

この国の国王夫妻は、大切な御身を危険に晒《さら》すことまでしてくださるのだ。

申し訳なかったけれど、私は大切に思われているのだと実感した。

◆◇◆

レッセルバーグ国から届いた抗議文を見て私は小さく叫んで、後ろへ倒れた。

「宰相っ！」

補佐官たちに助け起こされ、私はこれが夢であってほしいと何度も願い、分厚い手紙を何度も読みなおしたが、やはり夢ではないようだった。

「陛下！　妃殿下！　ノエル様がとんでもないことをなさいました！」

「これ以上何が……」

頭の痛くなる議題続きでよく眠れないそうだが、国王夫妻はレッセルバーグ国から届いた手紙の内容を知って、泡を吹いて倒れるやもしれない。

「ノエル様が、レッセルバーグ国第二王子の婚約者に斬りかかったと！　さらに国王夫妻にも剣を向け、現在レッセルバーグ国に囚われておいでとのことです」

「――な!?　な、何かの冗談であろう……？　ノエルは、ノエルはどこじゃ!?　城で謹慎を申し渡したのだ、いるはずであろう？」

「す、数日前にレッセルバーグ国に滞在するランドレイ侯爵のもとへ向かうと、城をお出になっております」

国王陛下は口をぽかんと開け、固まってしまった。

「ノエル様からの手紙らしきものがあります。この特徴的な筆跡は間違いなくノエル様のものですが……」

手紙を開くと、とても癖のある読みにくい字で助けを請《こ》う言葉と、言い訳が書き連ねられていた。

あの方はこの期に及んで何をなさっているんだ？

謹慎の意味も分かっていらっしゃらないのか？

「そ、それでは、ランドレイ侯爵はどうした!?」

「ノエル様と一緒にオリヴァー様、ロゼライン様も捕まっているようで、それに対する抗議として城に乗り込み、夫婦共々牢に入れられたそうです……」

「ノ、ノエルを、ノエルを牢から出してあげなければ！　あの子はこの国の王太子なのよ!?　王太子が牢なんて……ありえないわ!!」

王妃殿下の叫びはもっともだが、私は首を横に振るしかない。

「他国の国王に剣を向けたのです。首が繋《つな》がっているだけでありがたいと言わざるをえません。むしろこれを機に戦争を仕掛けられたとしても文句は言えませんよ」

「そしたらノ、ノエルは！　ノエルはどうなるのですか⁉」

「保釈金……莫大な保釈金を払えば……あるいは」

「金、金を……！　ノエルの命には代えられれん！」

王の決断に血の気が引く。

そうおっしゃるだろうと予想していたが、本当になさるとは。

この愚王は国のことを考えていないのか？　なんとも嘆かわしい。

「我が国はそんな大金など払えません……そしてレッセルバーグ国はそれを承知のようですね……。ポーションで支払っていいと、記載してあります」

「ポーションなどくれてしまえ！　ノエルの命には代えられん！」

「では我が国の魔獣対策はいかがなさるおつもりか！　ポーションがなければわが国は獣に食い荒らされて滅亡してしまいますよ！」

「ではそなたは、我が息子の首が刎《は》ねられてもいいと言うのか‼」

ノエル様が自ら撒いた種でしょう！

私はそこまで言いかけて、ぐっと言葉を飲み込んだ。

しかし、この忙しい時に国を出て隣国の王の怒りを買うなんて、あの王太子は何をしているのだろうか。

手紙を読む限り、マーガレッタ・ランドレイを連れ戻すため？

なぜ帰ってくると思ったんだ。あれだけ大勢の前で婚約破棄と国外追放を言い渡しておいて！

「……ランドレイ侯爵家はいかがいたしますか？」

「う……うむ、き、君にまかせる……」

まあそうだろう。ノエル様一人ですら、わが国にあるポーションのほとんどを渡して返してもらえるかギリギリだというのに、ランドレイ侯爵家四人分など払えるはずがない。

私の腹は決まった。

「御心のままに」

慇懃《いんぎん》に頭を下げ、静かに退出する。

そして大量のポーションをかき集め、騎士団長を呼んだ。この大量のポーションと引き換えに、ノエル様だけを連れ戻す。

「騎士団長、申し訳ないが……これが陛下のお望みだ」

「……承知、仕《つかまつ》りました」

騎士団長は青い顔で頷いた。

このリアム王国の国王がそう決めたのだ、我々臣下は従うより他ないのだが、私は、ほとほと愛想が尽きた。

「それが終わったら私は隣国に残ろうと思う……君も来てくれまいか」

「そ、それは……！」

それは実質、国を見捨ててレッセルバーグ国へ亡命するということだ。

「君は……未来を見据えて、ことあるごとに私に進言してくれた。君はこんな所で終わる人間ではないし、この国と共に沈むべきではない……」

「少し、考えさせてください……」

「何が大切なことか、忘れないでくれ」

私とてこのような形で国王を裏切りたくはない。

だがこの十年忠臣であった騎士団長を、こんなくだらない国王のために失うのはあまりにも惜しい。

そして私はこの国の宰相として、できることを精一杯やらねばならない。

しかしとても残念なことに、私はまたこのボロボロでどうしようもない末期の国へ戻ってきてしまった。

しょぼくれた我が国の王太子を連れて、泥船としか思えないこの国へ、そして泥船の船頭の前に戻ってきてしまった。

「ノエル……なんと愚かなことを」

「わ、私はマーガレッタを迎えに行っただけです……それなのに、向こうの国王と王妃がいきなり私の前に現れて、勝手なことをして――」

「お前は他国で何をしておるのだ。部屋で謹慎しておれ」

疲れた声の国王だが、ノエル様はまだ何か不満があるらしい。

「しかし、父上。向こうにはオリヴァーとロゼライン、ランドレイ侯爵夫妻が捕まっています」

「お前を無事に連れ戻すのにどれだけの物資を使ったと思うておるのだ！　宰相、事細かに説明してやれ」

私は淡々と事実を説明した。

「我が国を守る為に集めたポーションと引き換えにあなたをお引き取りしました。ランドレイ侯爵家の面々と引き換えにするだけの物資は、現在のわが国にはありません」

「く、国を守るためのポーションを？　それでは、ポーションなしでどうやってこの国を守るんだ？」

「守る事は難しいでしょう。しかしそれが国王の判断でしたので従ったまで」

ノエル様は青い顔で国王を見る。

「ち、父上。何か、何か方法があるのですよね？　ポーションがなくても国を守れる方法が」

「う？　う、ううむ……宰相よ、あるの、だよな？」

この親子は一体何を言っているんだ？

「ありません」

私は淡々と答えることしかできない。

レッセルバーグ国への亡命を拒否され、この国を元に戻す唯一の策を否定された私に、もうこの国を救おうという気概は一欠片《かけら》もない。聞かれたから答えた、ただそれだけ。

「ない!? なければどうするのだ。この国はどうなるのだ!?」

「魔物に喰われてなくなるでしょうな。私にはどうすることもできません。私も近々職を辞させていただきます」

国王と王妃、ノエル様は私を見つめてさらに青褪《あおざ》めた。

いまさら何をしようが、この国の未来は決まっている。

もし仮にあの大量のポーションがあったとしても、この国を守れるかどうか分からなかった。しかしその状況にさらに致命傷を食らわせたのは、国王だ。

「ど、どこかに……どこかにあるのだろう？　マーガレッタの作ったポーションが。マーガレッタは毎日毎日作っていたらしいのだから。なあ、あるのだろう!?」

「ありません。不正かと疑うほどの量が、ランドレイ家の地下に保管されておりましたが、すべてレッセルバーグに渡しました。あなたの保釈金として」

「嘘だ!!」

「嘘ではありませんよ。何せレッセルバーグ国王の怒りを買ったのです。簡単に許していただけるはずがないでしょう……しかも公爵令嬢マーガレッタ・ナリスニア嬢と第二王子アーサー・レッセルバーグ様のパーティーに乱入し、抜剣したなど……。その場で首を飛ばされていたほうがリアム王国のためになったのに」

「なっ……！」

失礼いたします、と背を向ける私に、誰も声をかけなかった。

「我が……我が国は一体、これからどうしたらいいんだ……」

閉まる扉の向こうから国王の呟きが聞こえた。

しかしそれに答えをくれるものは、もはや誰もいない。

◆◇◆

『ノエル殿下。君の首が繋《つな》がったままリアム王国へ帰れるのは、マーガレッタ嬢のおかげだということを一生忘れないでくれ。そして、彼女に付きまとうことはやめたまえ。次は容赦しない、ゆめゆめ忘れることのないよう』

『ひ……』

『それと君は今後一切、わが国への立ち入りを禁止とする。立ち入った場合はすぐさま犯罪者として然《しか》るべき措置を取らせてもらう。覚えていない、忘れたなどといった言い訳は聞かないから、その飾り物の頭にしっかり叩き込んでくれたまえ』

『も、もう……』

『返事はどうしたのかな?』

『はひぃっ!!』

「といった感じで、思いっきり脅しておいたからたぶん大丈夫だと思う」

「最後には腰を抜かして失禁する勢いでしたね。あれが一国の王太子かと思うと……まあ不快な男の話はもういいでしょう」

「はい……」

ノエル様がリアム王国の騎士団長に伴われ帰っていった次の日に、私は王宮のイグリス様の執務室で、事の顛末《てんまつ》を教えてもらった。

「首を斬る事も考えたのだけれど、ダメ元で交渉してみたんだ。だけど、ポーションと引き換えに戻してほしいとあっさり言うなんて驚いたよ。かの国王は自国の民より息子のほうが可愛いと見えるね」

子供を可愛いと思う親の心は正しいもの。しかしそれは王としては失格ではないかと、イグリス様はものすごく大きなため息と共に吐き捨てた。

今、リアム王国は魔獣の被害に怯えているというのに、罪を犯した息子を助けるために物資を浪費されては、国民としてはたまったものではないだろう。

「それからリアム王国の宰相が、助けを求めてきた。はっきり言えば売国だね。王太子と共に帰したけど、リアム王国を併合してほしいらしい……勝手なことを言うものだ」

もう一度ふう、とため息をつくイグリス様と、その隣で苦笑するアルティナ様。一連の騒動の後始末で疲れているはずなのに、笑顔を見せてくれた。

「そこらへんはイグリス様に任せて大丈夫よ、上手くやっておきます。マーガレッタにはイグリス様にはできない仕事に取り掛かってもらいます……」

「イグリス様にはできない仕事……？」

政治手腕の長《た》けたお二人にすらできない仕事とは何なのか。そんな重大な仕事がただの薬師の私にできるわけないのに……と考えていると、アルティナ様が重々しく口を開いた。

「王妃様の話し相手よ」

「……へ？」

イグリス様は両手を上げて降参のポーズをとり、再度ため息をつく。

「頼むね、マーガレッタ。母上の相手は私では無理なんだ～……ティナもほんと頼む」

「と、いう感じなの」

「まあ！」

リアム王国との外交より王妃殿下との会話のほうが苦手だなんて。たしかに多くの男性は女性の話を聞き続けるのが苦手だそうなので、イグリス様もそういうことなんだろう。

「そういうことなの。一緒に行きましょう、マーガレッタ。王妃様の首が伸びて長くなってしまう前に」

「ふふ、わかりました」

イグリス様の執務室を出て、アルティナ様と共に王妃殿下の部屋へ行く。

ノックをして扉を開けると、あの素敵な笑顔で王妃殿下が迎えてくれた。

「まあまあああまあ！　待ってたのよ～」

そしていろいろなお話に花を咲かせ、楽しい時間を過ごした。

同じ王妃殿下でもいろいろな方がいるのだなと驚く。

リアム王国の王妃殿下とはほとんどお話しなかったから、このように時間を取っていろいろお話ししてくださる王妃殿下は、なんて素敵なんだろうと、もっと好きになった。

◆◇◆

なぜ私まで牢に閉じ込められなければならないのでしょうか。

この時ほど、私をランドレイ侯爵家に紹介した方をお恨みしたことはない。執事見習いの私までなぜ、この人たちと一緒に入っているのか分かりません。

「わ、私は侯爵だぞ!!　出せ、出さないか!!」

隣の牢で旦那様ががしゃがしゃと音を立てて叫ぶが、むなしく響くだけでした。

同じ並びの牢に捕まっていたノエル様は、数日前に出ていき帰ってきません。そこから旦那様の焦りが強くなりました。

「お、お父様、私たちどうなってしまうの……？」

近くの牢からロゼラインお嬢様の声が小さく聞こえる。若い女性の身で石造りの冷たい牢に入れられるのはさぞかしお辛いことでしょう。男の私でさえ、恐怖と寒さで身が縮こまっているのですから。

「へ、陛下が、陛下が私たちを救ってくださる！」

「でも、お父様……ノエル様は戻って来られません」

奮い立たせるように旦那様は叫びますが、返答するロゼライン様の声はとても小さい。

ノエル様が戻ってこない理由は二つ考えられます。

——保釈されたか、処刑されたか。

どちらにしろ私たちにとってよい知らせではないでしょう。

ノエル様が保釈されたのなら、一緒にランドレイ侯爵家の皆様も保釈され国へ帰されるはずです。

なのに、私たちにその知らせは届かない、ということは、私たちは国王陛下に見捨てられたということ。

そしてもしノエル様が処刑されたのならば……ロゼライン様とオリヴァー様もじきに処刑されるでしょう。なにせ、この国の王家のガーデンパーティーに乱入したのだから。

そして三人を誘導した旦那様と奥様も、ただでは済まないでしょう。

旦那様と奥様は「私たちはそんなことはしていない、子供たちの独断と暴走だ！」と訴えていましたが、ロゼラインお嬢様とオリヴァー様は、旦那様に命じられたと城の尋問官にはっきりと告げたそうです。

醜いことに、責任を親子でなすり付け合っていたのです……

「し、しかし……あんなマーガレッタのパーティーなんかになんで国王夫妻が来るんだ……来るほうがおかしいだろう」

旦那様の大誤算は、あのパーティーにレッセルバーグ国の国王夫妻がいたこと。そしてマーガレッタお嬢様が戻ると首を縦に振らなかったこと。

つまるところ、旦那様の想像通りにいかなかったこと、でしょう。

「なぜ、王太子の誘いを断るのだ？　アーサー殿はたかだか第二王子だぞ、王太子の婚約者にならねば王妃になれぬというのに！」

権力の象徴である国王の伴侶。それを求めるのは当たり前だ、と旦那様は思っているようです。マーガレッタお嬢様だって絶対そう思っているはずなのに、なぜあの娘は第二王子など選ぶのだ、理解できない、と思っているのです。

「本当に！　あの娘は何を考えているのかしら！」

ロゼラインお嬢様が苛立たしげに叫びます。

ロゼラインお嬢様も旦那様と同じ、いやランドレイ侯爵家の方々は、皆同じ考えなのでしょう。

「本当にマーガレッタの考えていることは分からん。やはりあいつは家に閉じ込め、永遠にポーション作りをさせるのが一番だ。我々が飲んだあの高品質のポーション。あれは高く売れるぞ……我が家にはますます金が入るだろう！　一時の赤字などすぐさま埋められるに違いない」

私は旦那様たちにばれないようにため息を吐き、絶望して天井を見上げました。

この方たちは異常だ……あまり接しないよう命じられたマーガレッタお嬢様のほうが、ずっとまともな方でした。

愚図で頭も悪く見栄えも悪い、いい所など一つもないランドレイ侯爵家の出来損ない。

そう聞かされていたのに、蓋を開ければあの方が一番まともだったとは。私はこんな頭のおかしい人たちをもう尊敬できないし、一緒にいたくありません。

「うるさいぞお前ら！　まったく、引き取り手もない囚人が！　早く辺境の鉱山へ送ってしまおうぜ」

「そうだな。毎日毎日うるさいし。こいつらに食わせる飯ももったいないねぇ」

牢の外で見回りの兵士たちがとんでもないことを言い出しました。

「へ、辺境の鉱山⁉」

「なんで私たちがそんな所に‼」

旦那様は必死で鉄格子にしがみつき、ガタガタと揺すります。そんな旦那様を兵士は冷たい目つきで見下ろしました。

「国王陛下の前で剣を抜いたんだろう？　即刻処刑されないだけありがたいと思え！」

「う、嘘だ！　誰か、誰か助けてくれ！　私は侯爵だぞ‼」

「証拠はあんのか？　ちょっといい服を着ているようだが……。それにこの間まで入ってたもう一人は、保釈金をたんまり払って出て行ったみたいだけど、そいつはお前たちのことなんて何も言ってなかったってよ」

「なん、だって」

やはりノエル様はリアム王国に戻られたのか。

最悪の予想が現実になり、旦那様の顔は青を通り越して白くなりました。ノエル様は一人でリアム王国へ帰られました。

——ランドレイ侯爵家を置き去りにして。

「うそ……」

奥様が卒倒し、汚い石床の上に転がりました。

「あの自称王太子に馬鹿みたいな保釈金が必要だったらしいから、お前たちの分なんてなかったんじゃないのか？　リアムって今、魔獣被害が深刻なんだろ？」

「嘘、嘘だ……王が我々を見捨てるなど……！」

旦那様は兵士の言葉を否定しますが、声はとても弱々しい。

はたしてあの国王が大金を払ってランドレイ侯爵家を助けてくれるのだろうか、と思っているのでしょう。

「う、嘘……そ、そうだわ、神殿！　神殿はどうなの!?　私は聖女として十年間も必至に働いたのよ！　その私をまさか見捨てるなんてないわよね！　神殿に聞いてちょうだい、そして私だけでも助けて!!」

「ロゼライン!?　自分だけ助かろうって言うのか！」

「私は辺境の鉱山なんかで死にたくないわ！」

ロゼラインお嬢様は、貴族の令嬢とは思えないほど取り乱し、醜く叫びます。

「何という娘だ！　自分だけ助かりたいのか、自分だけ助かればそれでいいのか!?　家族全員の助命を嘆願するべきだろう！　お前など私の娘ではない！」

「私だってあなたなんか知らないわよ、この無能！」

「うるさい！　お前がノエル様に色目など使わねば、こんなことにならなかったのに」

「うるさいうるさい!!」

ランドレイ家の人々は疲れはてるまで罵り合いを続けました。ですが当然ながら叫んだところで事態は変わらず、牢から出ることもできません。

私は牢内にある簡素なベッドに静かに腰を下ろしていました。

私を見る衛兵の視線は優しかったから、私はいずれ出ることができるかもしれない。しかしこの醜い罵り合いを聞かされ続けるのは辛いものがありました。

そして少しして、別の兵士がリアム王国の神殿の返事を持って牢へやってきましたが、色よいものではありませんでした。

「ロゼラインという聖女はおりません、とのことです」

「嘘……何でよ、何で!?」

ロゼラインお嬢様は聖女として、十年もの間、神殿で奉仕活動をしてきました。

しかし神殿の返事は「そんな聖女はいない」でした。最初こそ私もおかしいと感じましたが、その後の言葉を聞いて私は静かに口を閉じました。

「神官長が過去の資料を調べ直した結果、神殿の不正が幾つも見つかり、そのうちの一つに聖女ではないロゼラインを聖女として扱うようにという前教皇の指示があったそうです。どうやらランドレイ侯爵家から前の教皇宛に多額の寄付があったようですね？」

「嘘……」

ロゼラインお嬢様は青い顔をさらに青くして、向かいの牢にいる旦那様を見ます。

旦那様は目を逸らしました。

否定をしなかったということは、身に覚えがあるのでしょう。

聖女ではないものを聖女として扱わせたという証言が明るみに出てしまった……だから、ロゼラインという聖女がいたという記録は消されてしまったようです。

頼みの綱であった神殿から切り捨てられ、ロゼラインお嬢様は泣き叫び、石の床に膝から崩れ落ちました。

彼女の功績はすべてなかったことにされたのですから。

そんなロゼラインお嬢様を慰めることもなく、旦那様と奥様はそれぞれの牢の鉄格子を掴んで兵士に必死に呼びかけています。

「マーガレッタに、マーガレッタに会わせてくれ。あの娘なら、私の娘なら、私だけでも助けてくれるはずだ」

「いいえ、母親である私だけならマーガレッタは助けてくれるわ」

その声を聞きつけて、ロゼラインお嬢様も立ち上がります。

「あ、姉の私なら！」

「一番マーガレッタと遊んだのは兄の私だ。私だけでも助けてくれ！」

もうランドレイ侯爵家の人々は、自分自身が助かることしか頭にないようです。

「馬鹿な、お前たちは皆、マーガレッタを手酷く扱ったではないか。あの娘は父親の私ならば助けるはずだ！」

「絶対にお父様は助けないわ！　だってマーガレッタをこき使ったのはお父様ですもの！」

「そ、そうよ。恨まれているのはあなただわ。わ、私は母親なのよ！　母親を助けるのは当然でしょう」

「はっ？　愛してくれない冷たい母親を助けるわけがない。マーガレッタを一番庇ったのは兄の私だから、私一人なら助けてくれるはずだ！」

しかし、兵士たちは飽きたと言わんばかりに大あくびを繰り返すだけでした。

「なんでアーサー様の婚約者であるマーガレッタ・ナリスニア公爵令嬢が、お前らを助けるんだ？意味が分からん。助けるわけないだろう」

「マーガレッタ様はお優しい方だが、さすがにこんな奴らを助けるわけねぇよな。あの人可愛いし、いつもお勤めご苦労様って挨拶してくれるんだよなー」

「ほんとだよなー。ポーションもタダでくれるし、あの人の作ったポーションは本当に美味いし最高だよ、しかもいつも、お疲れではないですか、って優しい言葉までかけてくれるしな～！　アーサー様は本当にいい令嬢を見つけたもんだよな！」

「違いねえ！　あははは」

泣けど叫べど取りあってもらえず、結局ランドレイ侯爵家の四人は汚い護送馬車に押し込まれ、王都から追い出されてしまいました。

行く先は辺境だとしか私は聞かされていません。

『一体、なぜこんなことになったのだ、誰の、誰のせいなのだ!!』

移送される時、旦那様の叫び声がずっと聞こえていましたが、答えをくれるものはいませんでした。

そんな中、私は釈放されました。

どうもマーガレッタお嬢様が口を利いてくださったらしいのです。

そしてリアム王国へ戻るのは危ないから、ということで、マーガレッタお嬢様がお住みになっているナリスニア公爵邸に身を寄せることになりました。

「お母様……いえ、ランドレイ侯爵夫人のご実家には、リアム王国が落ち着いてから戻ればよろしいでしょう。それまでこの家のお仕事を手伝ってくれませんか？」

「も、もったいないお言葉です……！」

ナリスニア公爵邸には、ランドレイ侯爵邸にいた見知った面々がいて、トマスさんもにこやかに私を迎えてくださいました。

「さすがに腰が痛くてね。エドワード、助けてくれるね？」

「は、はいっ！」

私は結局リアム王国へは帰らず、ナリスニア公爵邸で働くことになりました。これからは人を見る目と信頼を大切にしようと、心に誓いました。

第六章　薬師令嬢、ついに幸せを掴む

「ねえ、マーガレッタさん。マーガレッタさんの『みなさま』たちについて聞きたいんだけど、いい？」

「はい、お答えできることなら何でも」

今日も笑顔でやってきたアーサー様は、離れの調剤小屋に置いてある椅子に腰をかけて質問してきた。

よくここで私がポーションを作るのを興味深そうに見ているけれど、なぜか今日はきゅうりを一本くわえている。どうも厨房に寄って失敬して来たみたい。

……王子様……でしたよね？

それでも「しょうがない人だなあ」と許せてしまうのは、間違いなくアーサー様の人徳。ちょっと可愛いなあ、と思ってしまう。

「『みなさま』ってずーっとマーガレッタさんのそばにいるの？」

「いいえ。今はかなり自由にしていますよ。でもリアム王国で契約を結んでいた時は、その契約に縛られていらっしゃいました。本当に小さな頃の私がしたこととはいえ、申し訳ないことをしてしまいました」

「……小さかったマーガレッタさんの気持ちを優先して『契約してあげた』ってこと？」

「はい……恥ずかしながらその通りです」

『みなさま』の優しい気持ちを利用した契約だった、と今は申し訳なく思っている。

それでも当時六歳の私は、家族の関心が欲しかった。『みなさま』もそれを汲《く》んで、不自由な契約を容認してくださった。

〈私たちは所詮、実体のない存在。力は貸せても撫でて慰めてあげられない〉

悲しそうに呟いていたことを、いつでも思い出す。

結局優しい手で撫でてくれたのは血の繋《つな》がった家族ではなかったし、リアム王国にいた人たちでもなかったけれど。

「でね、その契約が終わった『みなさま』なんだけどさ、一人くらい俺にくっついてない？」

「いらっしゃいますよ。もしかして、ご迷惑でしたか？」

実は、『みなさま』のうちのお一人、全能の神様がアーサー様を気に入り、くっついてしまっているのだ。

たまに私のもとにやってきて、いろいろな話をしてくれるのが楽しい。

「全然！　たまに剣の師匠がいるような心地になるから、不思議だと思ってさ。俺なんかにくっついていていいのかなって！」

「いいのではないでしょうか？　おそらく『みなさま』のご意思ですので……」

ふふ、と私はアーサー様に言葉を返した。

実は、少し前のとある夜、私のもとに戻ってきた『みなさま』たちに教えてもらったのだ。

〈今までくっつけられていたノエルは全然練習しないから、最低限の動きしかできなくてイライラしてたんだ！　それに比べてアーサーはよく鍛えてるからいいな。ちょっとアドバイスするとすぐ実践できるのもいい！〉

〈だなー！　オリヴァーは弱すぎるから壊れそうだとひやひやしたもんだ。カールはいい。あいつは中々勤勉だ〉

アーサー様と一緒にいる全能の神様と、カールさんと一緒にいる戦いの神様が笑いあっていました。戦闘が得意な二人ですから、体を動かせるというのは楽しいようだ。

本来ならこんな風に『みなさま』は『みなさま』独自の判断で行動して、私を助けてくれるつもりだったそう。

〈でもいいのよ、私たちはマーガレッタのことが大好きだからね。あなたはいい子過ぎるからちょっとくらい我儘を言ったほうがいいと思うわ〉

薬神様にもそう言われた。

私はそんなにいい子ではないけれど、私の事を想って言ってくださる言葉には、いつも胸が温かくなり、嬉しい気持ちになったのだった。

そんなある日、私はアルティナ様に呼ばれて王宮にやってきた。

そろそろランドレイ侯爵家の方々の後処理をしなければならないと思い、実は私もアルティナ様に会いたかったのだ。

ただ、アルティナ様にそのことを話すと、アルティナ様は「適材適所って知ってる？」と片眉を上げて言った。

たしかに私は何をすればいいのかわからない。なので、イグリス様とアルティナ様にお任せしてしまった。

「その代わりお願いね！」

私がお礼を言うと、アルティナ様は執務室から城の中央のほうを指差して、苦笑いをした。

なるほど、王妃殿下のお相手をしてほしいということらしい。

ランドレイ家の後始末のほうが大変だと思うけれど、アルティナ様にしてみれば、王妃様との時間のほうが大変だということなんだろう。

アルティナ様のお願いを受けて、私は王妃殿下のもとへご挨拶に伺った。

王妃殿下はいつも、とても嬉しそうに迎えてくださる。突然の訪問だったというのに、王妃殿下のティールームは完璧な設《しつら》えだった。

「いつ誰が来てもいいようにしてる……んだけど誰も来てくれないのよ……マーガレッタちゃんが初めてなの！　嬉しいわ！」

「光栄です」

壁には綺麗な刺繍《ししゅう》入りのタペストリーがかかり、クッションにも手の込んだ刺繍《ししゅう》が施され……テーブルクロスも美しいレース製だ。

素敵ですね、と言うと王妃殿下はキラキラと目を輝かせた。

「わたくしが全部作ったの！　イグリスやアーサーじゃなぁんにも気づかないから、イライラしちゃってね！」

私はその様子を思い浮かべて笑ってしまった。たしかにアーサー様なら「うーん……暖かそうでいいですね！」とか的外れなことを言いそうだ。

「ほら、私の息子は両方男の子でしょう？　で、アルティナちゃんは女の子なんだけど、あの子はとっても王妃向きの性格でしょう？　頼もしいことは頼もしいんだけど、もうちょっとお花を見たり、刺繍《ししゅう》をしたり、お茶を飲みながらふわあんって笑うような子もね、欲しいなって」

「まあ！」

王妃殿下はあまり政治には向かない性格だとご自分でもおっしゃっているけど、それでも頑張って頑張って陛下の補佐をしてきたそうだ。

アルティナ様が実務を肩代わりするようになると、気が抜けて倒れてしまわれたらしい。

現在は、実務はアドバイス程度にして、あとは好きなことをしてゆっくり過ごしてると嬉しそうに笑っている。

「ほんとティナちゃんには感謝しているのよ。私はティナちゃんのお陰で生きているようなものだわ……だから我儘を言って毎日お茶に付き合ってもらうわけにはいかなくて」

ちらり、と私を伺う瞳。

なるほど、私にお茶の相手をしてほしい、ということなんですね？

「わ、私も薬作りがあるので毎日は……。でも週に一度程度なら」

「嬉しいわ！　マーガレッタちゃん！」

政治には向かない性格と言いながらも、さすがに長年戦ってこられた方ですから、私より一枚も二枚も上手です。

こうして『みなさま』と周りの皆に囲まれて私は忙しくも充実した日々を過ごし始めた。


一方その頃、リアム王国のランドレイ侯爵家にはイグリス様の指示のもと、レッセルバーグ国より破産管財人が送られたそうです。

『縁を切られたとは言え、血の繋《つな》がりがあるマーガレッタ様の全権を代理しております』

委任状と共に挨拶から始まり、破産管財人は頼もしい手腕で領民に負担にならない領地の売買、親類筋への意見交換などを進めてくれたそう。

「ランドレイの家は私が継ぐ！」と、聞いたこともないような遠縁の方が手を上げたらしいが、想定済みだったらしく、冷静に対処してくれたようだ。

『分かりました。ランドレイ侯爵を名乗るのなら我が国への賠償金は貴殿に払っていただきます。国家反逆罪の罪人四人分ですから、かなりの金額ですが、どうぞお支払いを』

『へ？』

ただで侯爵家が手に入ると思ったらしいその男性は、賠償金の額を聞いて青くなってすぐに逃げ出したと聞いた。

ランドレイ侯爵邸はリアム王国から取り潰される前に綺麗に解体され、売れるものは売り、そうでなかったものは寄付などをして跡形もなく消された。

「そうですか」

不思議なことに、実家がなくなったと聞いても悲しいという気持ちは浮かんでこなかった。

存外私は冷たい人間だったのかもしれない。

「執事長のトマスさんもこちらに越してきますよ。ポーションの管理を手伝ってくださるそうです」

「わ、嬉しいわ。私、作るのは好きだけど管理とか慣れなくて……」

「分かります。いつも作りすぎてますもんね」

生まれ育った家がなくなり、落ち込んでいるはずの私を慰めにきてくれたロジーさんがやれやれと苦笑した。

私が実家のことよりポーションに気を取られていたからだ。

たしかに製薬に使っている調剤小屋の倉庫には大量のポーションが置いてある……けれど作りすぎてはいないはず。

だってまだまだポーションは値段が張り、気軽に使えない高級品なのだ。もう少し安値で取引されるようでなくては困ってしまう。

私が元家族の没落をあまり悲しく感じないのは、私の周囲が変わらないからかもしれない。

元々家族とは最低限の接触しかなく、使用人の皆と暮らしていたようなものだった。

そしてその使用人たちは皆このナリスニア公爵邸にいるのだから、何かを失った感じがあまりしない。

そして悲しみを感じるよりも、楽しいことのほうが大きいから。

過去を思い出して感傷に浸りそうになると、誰かが飛んできて沈みそうになる気持ちを引き上げてくれて、落ち込んでいる暇がないのだ。

「マーガレッタ嬢、大変だ！　ポーションが爆発しおった！」

「急に温めすぎたんですよ、どろどろしたものを作る時は注意ですよ」

「そうだった！」

グラナッツさんたち優しい家族が、私と一緒にいてくれ、私のことを想ってくれ、尊重してくれるから、私は『これまで』ではなく、『これから』を見ることに決めたのだ。

早速、私は爆発した残骸を片付けつつ、グラナッツさんの新作ポーション作成を手伝うことにした。

◆◇◆

王と王妃がどうしていいか分からず右往左往しているうちに、リアム王国はレッセルバーグ国に吸収されてしまった。

是非もなし、宰相である私は当然の流れに身を任せた。

人々は次々とリアム王国から逃げ出し、受け入れを表明したレッセルバーグ国へどんどん流れていく。

民衆たちの動きを貴族は止めることができなかったし、他の隣接する国はリアム王国に救援を送ってくれなかった。

「レッセルバーグ国以外にも救援を。隣国に救援を求める書状をお願いします」

そう何度も国王に直訴したが、王は唸《うな》るだけで何もしなかった。それもそうだろう、王は書状など一度も書いたことがないのだから。

今まですべて私に丸投げしてきたのだ、この王は。

この国の窮状を自ら訴えるべきなのに、この期に及んで自分でなんとかしようという気概を持たないのが、この王なのだ。

「わ、わしが書くのか……？」

「国王自ら助けを求めるべきでしょう。それほどにこの国は危機に瀕しているのですよ」

「隣国への救援の書状などどう書けばいいのだ？」

この能天気な答えに返事をする元気もなく、私は黙り込んでしまう。

早々に魔物に攻め込まれ滅んだほうがいいのではないか、そんな思いすらしてくるのだ。

「……そうだ、王妃ならば手紙を書けるのではないか？　お、王妃よ、そなたが書いてはくれぬか？」

「わ、私が？　救援の手紙などどう書けば……？」

さらに驚いたことに、なんと王妃も手紙を書いたことがないそうだ……

おかしい、王子教育や王妃教育で他国への書状の書き方などは必須項目だろうに、この方たちは習わなかったというのだろうか。

彼らがモタモタしている間に人は逃げ、兵も逃げ、騎士たちは死に……いつの間にかレッセルバーグ以外から我が国は見捨てられていた。

「マーガレッタの生まれ育った国だから」

それだけで、レッセルバーグ国はリアム王国からの人々を受け入れた。

そしてとうとうリアム王国の王都に魔獣が侵入し、王と王妃、そしてノエル様と、同行はしたくなかったが私も騎士団長に守られ逃げ出した。

この王を無能のまま放置した報いとして、付いていかざるを得なかった。

周辺の国に亡命と避難の受け入れ要請を出し国境まで赴いたものの、レッセルバーグ以外の国からは断られた。

「なぜ王たるわしを追い払うのか！」

「うるさい！　リアム王国からの侵入者はすべて追い返せとのお達しだ！」

国境を守る兵士たちは構えた武器を降ろすことはなかった。

それはそうだろう！　国民を捨てて逃げる国王を受け入れる国なんて、どこにあるというのだ。

そして行き着いたレッセルバーグで、我々は国境前で止められた。

「リアム王国の国王夫妻の、我がレッセルバーグ国への立ち入りはお断りさせていただきます。

国へ帰り民を守られよ。しかし、国を捨て、身分を捨て、ただの平民となるならば受け入れましょう」

唯一、話を聞いてくれたレッセルバーグ国との国境でこう言ってきた。

「何を……」

しかし、その続きはこの国王には言えなかった。

ここにたどり着くまで私たちを守ってくれた騎士はほとんど死んでしまった。

馬車を操っている騎士団長も見るも無残な姿で、もう意識を失う寸前だ。

皆……疲れ切っていた。

「もう、楽になりたい……」

国王は、懐に大切に仕舞っていたリアム国王の証である玉璽《ぎょくじ》を、レッセルバーグ国の国境守備隊長に手渡す。

この人の手には重すぎたのだろう。

「それでは、一般市民であるあなた方の身の安全を保証いたします」

そして王と王妃――いや、元王とその妻は、無事に国境を越えることができた。

しかし元王の息子が国境を越えようとしたとき、国境警備隊の槍が交差して、リアム側に止め置かれた。

「お前が入ることはまかりならん。犯罪者め！」

元王の後ろで、元王の息子は青い顔をして地面に座り込んでしまった。

「それは私たちの息子だ……連れて行きたい」

「無理な相談ですな。この者は我が国では犯罪者として捕らえることになっております」

「あ……」

ノエル様は、レッセルバーグ国には入ってはならないと言われた約束を、忘れていたのだという。

そして次に入って来た時は犯罪者として捕らえると言われていたことも。

「ご夫妻は先に進んでもよろしい。しかしお前は、今すぐ我が国から出るなら捕らえはせぬが、いすわるというなら牢に連れていくことになる」

元王もその息子も疲れ切っていた。

泣きそうな顔で父親と母親を見上げている。

……なんと情けない姿か。

「父上、母上……」

王宮から逃げてくるのもやっとだった。

騎士と騎士団長が身を挺《てい》して馬車を守ってくれた。

その騎士団長も深手を負い、先ほど意識を失って国境守備の砦《とりで》に運び込まれている。

今すぐここから出るのであれば、護衛もおらず壊れかけた馬車に乗って魔獣ひしめく元来た道を一人で戻らねばならない。

ノエル様の命はどこかで潰《つい》えるだろう。

「……もう、牢の中でいいです……魔獣に追われない、牢の中で」

泣きながらがっくりと膝をつく彼に、マーガレッタ嬢の婚約者だった頃の輝きは一欠片《かけら》も残っていなかった。

「国を売った金で、息子一人守れぬとは……」

元王も項垂れるが、もうどうしようもない。迎えてくれる国はここしかなかったのだから。

「それくらい価値のない国になっちまったってことだよ」

守備隊長は優しい言葉をかけてはくれなかった。

「宰相さんもお疲れさんだったね。これからどうするんだい？」

「レッセルバーグ国によるリアムの土地の再編が始まったら、少しばかり助言ができると思います。それで多少の金をいただければ……あとはゆっくり過ごしたい」

「ゆっくりか……そうだな、ゆっくり過ごしたいな」

能力に見合う、ちょうどいい生活を手に入れたい、と私はそう思ったのだった。

◆◇◆

私とアーサー様はリアムのことが落ち着いてしばらくして、然《しか》るべき婚約期間を置いたのち、たくさんの人に祝福されて結婚した。

私たちが結婚する前にイグリス様とアルティナ様もご成婚して、貴族から、冒険者、街の人々に至るまでたくさんの人がお祝いに駆けつけてくれた。

これを機にアーサー様はイグリス様の臣下に降り、途絶えていた公爵位を受け取ることになった。

アーサー様が賜《たまわ》った領地は、いろいろな貴族の方々から「ちょうどいい場所」を「ちょうどいいくらい」もらったようだ。

本当は、新しく組み込まれた元リアム王国の領地を賜《たまわ》るのが、手がかからない方法だったそうだ。

しかしあまりに騎士たちに絶対的な信頼があるアーサー様と、まだまだ需要が高いポーションの作り手である私を、レッセルバーグ国の中枢から離れることを皆が嫌がったらしい。

そういう思惑もあるんだよ、とイグリス様は苦笑した。

「毎週、お茶を一緒にしてくれるわよね……マーガレッタちゃん？」

心配そうに聞いてくる王妃殿下の存在も大きく、結局は領地とは別に、王城からほど近い場所にあるタウンハウスに居を構えることになった。

「領地のほうも頑張りますね！」

私は張り切ったのだけれども、アルティナ様が慌てて止めた。

「これ以上頑張ったら倒れちゃう！　優秀な人材を派遣するから、マーガレッタはポーションを、アーサーは騎士たちの育成に注力して！」

まあこれも彼女の好きな『適材適所』というやつなんだろう、と私とアーサー様は苦笑しながら頷いた。


ある日、王妃殿下とお茶をした帰りのこと。

今日も書類が積み上がるイグリス様の執務室に寄った際、元リアム国王夫妻の報告書が届いたと教えてくれた。

『もう、よい……』

元国王夫妻は、そんな諦めきった言葉と共にレッセルバーグの隅に小さな領地をあてがわれ、子爵として暮らしているらしい。もちろんレッセルバーグ国の監視の目に囲まれながらだそうだが。

何か起こそうと企てたり、元王族の血筋を宣伝しようとしたら困る、とイグリス様は書類を捲りながらため息をついた。

きっと過去のレッセルバーグ国では、そんなこともあったんだろう。

そして元国王夫妻は、アーサー様と私の結婚で恩赦が出たノエル様を引き取ったそうだ。

さらにはノエル様は気の強いかなり歳上の子爵令嬢と結婚して、彼女のまだ小さい連れ子を養女にしたそうだ。

『私はこれくらいでちょうど良かったんだ……』

幼い娘を小さな庭で遊ばせながら優しい目をしていたという。

見張りにつけた使用人たちからも不穏な報告は上がって来ないところを見ると、元王族であっても担ぎ出すに値しないと思われているようだった。

ノエル様の代でリアム王家の血は途切れるだろうと教えてもらった。

元ランドレイ侯爵家の人たちの様子も、逐一報告されているらしい。

けれど私には教えてくれなかった。

「真っ当な令嬢に教えられる内容ではないかなぁ」

と不穏なことを言っていたので、結局は聞かないことにしている。

とはいえ鉱山で全員図太く生き残っているようだから、いつか更生したら戻って来られるのかもしれない。

その時は誰かの力に頼らず、自分たちの力で暮らしてほしい。

どこかにいる元家族に向けて、私はそう願った。


「マーガレッタの家の庭は薬草園ね」

「温室もあるんですよ、本当にいろいろしていただいてありがたい限りです」

ある日、王都のタウンハウスにやってきたアルティナ様は、家の中から庭を眺めて呟いた。

グラナッツさんのお屋敷からタウンハウスに引っ越した私たちだが、庭が広くなり、採取できる薬草が増えたのだ。それらを使って新しいポーションを開発したりして、ますますポーション作りが楽しくなっている。

「ポーションの値段も落ち着いてきたわね」

「ええ、お祖父様の教え子たちも活躍していますし、なにせ供給量が増えましたから」

私は知らなかったのだが、どうやら元父親はポーションを卸す量を調整して、高値で買い取らせていたようだった。そして私を世間から隠して、技術を秘匿した……ポーションの値段を上げるために。

だがもうそんな命令に従う必要はない。

私やグラナッツさん、カメリアさんが、学ぶ気のある者にポーション作成の技術を継承したので供給されるポーションの数が増え、ポーションの価格は一般の人でも簡単に手に取れるくらいまで下がった。

同時に怪我で命を落とす人々が劇的に減った。

「よかったの？　こんなに薬師が増えても」

「もちろんです。むしろもっと薬を気軽に飲めるような国になってほしいです。怪我は放置すると酷いことになります、早めに治ってほしいですから」

実はアルティナ様は、ポーションの価格が下がったら私の生活に影響があるのではないかと、心配していたのだという。

そんなことは全然ないけれど。

「お金ですか？　全然大丈夫ですよ、高級ポーション類はやっぱり作れる人が少なくて、今でもかなり高値ですからね。むしろこんなにお金をいただいていいのか、いつも不安になります」

「そういえばそうだったわね」

私が大量に持ち込むので執務室で気軽に飲んでいたポーションの値段を知り、アルティナ様は眩暈《めまい》を覚えたそうだ。

「が、がぶ飲みするものじゃ……ありませんでしたわね」

「そうですよ、適量というものがあります。飲み過ぎはポーションでも体によくないですから」

「そうではなくて……いえ、マーガレッタのそういうところがいいのでしょうね」

どういうところか私はよくわからなかったけれど、アルティナ様はそのままでいいのよと笑ってくれた。

皆さんがそう言ってくれるのだから、きっと私はこのままでいいんだろう。

私を私として丸ごと認めてくれるお義姉様は、本当に素敵な人だと思う。


時が経ち、イグリス様とアルティナ様の間に可愛らしい男の子が生まれた。

その一年後、私とアーサーの間にも可愛らしい女の子が生まれた。

アーサーそっくりの真っ赤な髪に、私そっくりの緑の瞳の女の子。アリアと名付け、皆に可愛がられてスクスクと成長している。

「……あなたたち、まさかとは思うけど、私たちに子供ができるまで待っていた……なんてことはないわよね？」

「そそそそ、そんなことはないですよね！　ね、アーサー？」

「もちろんその通りだよ！　ティナ義姉上。そんなふうに、勘違いする頭の悪い貴族がやっぱり湧いてくるんだな。ティナ義姉上のお子を待ったりしてないよ、ね！」

「ちょっと、アーサー!?」

駄目だ、アーサーはまったく嘘がつけない。

ちょっとアルティナ様に睨まれただけで、簡単に口を割ってしまった。

自衛という訳ではないがグラナッツお爺様たちの「阿呆はどこにでも湧く」と言う忠告に従ったのだ。

それが自分たちの子供を争いから遠ざける、最適な方法だと教えてもらったから。

私は今はとても優しい人たちに囲まれている。

でもそれを長く続けるためには幸せを享受するだけではなく、自らも考え、努力しなくてはいけない。

だから自分たちの子供は、イグリス様たちの子供が産まれたあとにしようと相談して計画した。

生まれた順番というのは、王位継承権絡みでは何かと面倒になるらしい。

アルティナお義姉様はそこまで気を使って欲しくなかったようで、ぷん！　と両手を腰に当ててお怒りだった。

それでも私たちが二人で相談して決めたことだから。

ただただ、与えられるだけの幸せは長く続かないから、守っていくのは当たり前のことだと。

「思えば私はランドレイの家に従うだけで、何とかしようという気持ちがなかった……それがあんな大事に繋《つな》がってしまったのかと思うと、苦しくなる時があります」

「小さかった頃からそれが当たり前だと育てられたら、何がおかしいか気がつかないのは当たり前だよ。今はこうしていろいろ教えてくれる人たちがいる。だから自分たちのおかしい所、間違った所も教えてくれる。俺たちはもう間違えないことと、子供たちに間違ったことを伝えないようにすることが大事なんじゃないかな？」

「そう……ですね、アーサー」

私の心に残った傷はアーサーや子供たちが笑顔で埋めてくれる。血のつながった親兄姉に邪険にされ捨てられたという傷は消えることはないけれど、癒していける。

〈でも私たちも頼りにしてね？　マーガレッタ〉

「『みなさま』も見守ってくださいますしね」

「本当に心強いね」

少々、心強過ぎるとも言えるが、自由な裁量を持つ『みなさま』はどれくらいが適量なのか測りながら助けてくれている。

それが本来の姿で、決して人を堕落させるためでも、努力を止めさせる力でもないのだ。

「私、今とても幸せだわ。素敵な旦那様と可愛い子供に家族、そして『みなさま』がいてくれる。ここに来られて、本当によかった！」

「これからもずっと一緒にいてください」

「はい！」

明るい私の笑顔はこれからの未来にふさわしいものだった。

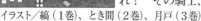

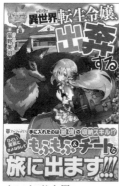

この作品に対する皆様のご意見・ご感想をお待ちしております。

おハガキ・お手紙は以下の宛先にお送りください。

【宛先】

〒150-6008 東京都渋谷区恵比寿4-20-3 恵比寿ガーデンプレイスタワー 8F
（株）アルファポリス　書籍感想係

メールフォームでのご意見・ご感想は右のＱＲコードから、
あるいは以下のワードで検索をかけてください。

アルファポリス　書籍の感想　検索

ご感想はこちらから

本書は、「アルファポリス」（https://www.alphapolis.co.jp/）に掲載されていたものを、
改題・加筆・改稿のうえ書籍化したものです。

地味《じみ》薬師《くすし》令嬢《れいじょう》はもう契約《けいやく》更新《こうしん》いたしません。

～ざまぁ？　没落《ぼつらく》？　私《わたし》には関係《かんけい》ないことです～

鏑木うりこ（かぶらぎ うりこ）

2023年 6月 5日初版発行

編集－山田伊亮
編集長－倉持真理
発行者－梶本雄介
発行所－株式会社アルファポリス
〒150-6008 東京都渋谷区恵比寿4-20-3 恵比寿ガーデンプレイスタワー8F
TEL 03-6277-1601（営業） 03-6277-1602（編集）
URL https://www.alphapolis.co.jp/
発売元－株式会社星雲社（共同出版社・流通責任出版社）
〒112-0005 東京都文京区水道1-3-30
TEL 03-3868-3275
装丁・本文イラスト－祀花よう子
装丁デザイン－AFTERGLOW
（レーベルフォーマットデザイン－ansyyqdesign）
印刷－中央精版印刷株式会社

価格はカバーに表示されてあります。

落丁乱丁の場合はアルファポリスまでご連絡ください。

送料は小社負担でお取り替えします。


ISBN978-4-434-32060-6 C0093